Geert-Ulrich Mutzenbecher

Überleben ist alles

Geert-Ulrich Mutzenbecher

Für die Hilfe bei diesem Buch danke ich herzlich:

Herrn Jürgen Kühn für das Sponsoring

Herrn Wolfgang Hövermann für das Autorenfoto

Herrn Günter Pump für das Titelfoto

Frau Gisela Rumstieg für das Sponsoring

Impressum

Überleben ist alles …

Verlag Mutzenbecher und Brawand
Brandorffweg 30
22609 Hamburg
Tel. (040) 829275
ISBN 3-980-9041-4-8

Vorwort

Dieser Roman schildert spannend wie gut Menschen aus verschiedenen Nationen, verschiedener Herkunft, verschiedener Religionen zueinander finden können, wenn sie gemeinsame Schicksalsschläge überleben müssen.

Positiv zum Leben eingestellt half ihnen das Schicksal überlebensbedrohende Gefahren mit unwahrscheinlich humorvollen Glücksfällen hinweg zu meistern.
Die Erlebnisse spielten sich zwischen der deutschen Besatzungszeit in Paris bis heute ab.
Auch dieses Buch möchte den Lesern aus dem Leben des jetzt 83-jährigen Autors sagen, daß man alles überstehen kann wenn man will.
Da es sich um wahre Erlebnisse handelt, können Sie sich persönlich Mokhtar's Geschichte in seinem Restaurant ‚Il Gallo' im Hahntrapp bestätigen lassen oder im Restaurant ‚Im Sprinkenhof' bei Familie Hinrichsen, Burchardstraße

Übersicht

Vorwort	3
Übersicht	5
Die Selbsverteidigung	6
Die Geschichte meiner Mutter	12
Der Besuch im Kloster	16
Turbulente Zeiten	23
Ilsabe	44
Roland erzählt weiter: Der neue Partner	46
Das Unheil beginnt	49
Der Habicht schlägt zu	52
Ein Brief und Roland trifft Marcel	56
Andrea	65
Die Zwischenzeit	76
Die Abrechnung. 1. Teil	86
Die Abrechnung. 2. Teil	92
Auf Wanderung	104
Mit Pistole unterwegs	113
Als Obdachloser	119
Roland erzählt Mokhtar's Zirkusgeschichte	130
Das Buch	145

ÜBERLEBEN IST ALLES

Die Selbsverteidigung

Mein bewußtes Leben begann eigentlich erst, als ich 14 Jahre alt war. Es sind immer die unvorhergesehenen Ereignisse, die unsere Tage bestimmen. Mit ihnen muß man fertig werden. Manche schaffen das nie.
Wir wohnten in einem Vorort von Paris, nicht weit entfernt von der Endstation einer Metro-Linie, mit der ich auch zur Schule fuhr. Ich spielte in der dortigen Fußballmannschaft als Stürmer, da ich die kräftige Statur meines Vaters hatte und recht flink war.
Von der Station führte eine Platanenallee an unserem Hause vorbei.
Es gab zwar eine Straßenbeleuchtung, aber in den Wintertagen blieb es stellenweise sehr dunkel.
Über Geld wurde bei den Eltern in unserem Beisein nicht gesprochen. Es mußte dagewesen sein, denn wir besaßen eine geräumige Wohnung, in der meine zwei Jahre ältere Schwester Mariella und ich jeder ein eigenes Zimmer hatten. Außerdem versorgte die von uns geliebte, rundliche Tina den Haushalt.
Vater sahen wir selten. Er war geschäftlich viel unterwegs. Manchmal nahm er auch Mutter mit. Diese legte großen Wert darauf, dass wir ordentlich gekleidet waren.
Genau das brachte mir die erste Herausforderung ein, die ich im Leben überstehen mußte.

An einem dunklen Dezemberabend ging ich von der Metro nach Hause. Als ich unsere Allee erreichte, bauten sich auf einmal zwei Jungen in meinem Alter vor mir auf. Sie verlangten meine Uhr und mein Taschengeld. Nach meiner Weigerung versuchte einer mir die Uhr abzureißen, während der andere mir die Nase blutig schlug. Wütend vor Schmerz vergaß ich jede Vorsicht. Mit einem Fuß trat ich nach ihm. Meine Stiefelspitze mußte seine Kniescheibe getroffen haben. Er schrie auf und ließ von mir ab. Diesen

Überraschungsmoment konnte ich ausnutzen, um nach Hause zu flüchten.
Erlöst sah ich meinen Vater. Mit Tränen in den Augen berichtete ich ihm, was geschehen war. Seine nächste Reaktion war nicht dazu angetan, meine überstandene Angst zu mildern:
„Du mußt damit rechnen, daß sie sich für den Tritt rächen werden." Als er mein erschrockenes Gesicht bemerkte, schlug er mir gutmütig auf die Schulter: „Reg' Dich nicht auf, Junge. Da werde ich gleich Abhilfe schaffen."
Er ging ans Telefon und sprach längere Zeit mit jemand. Nach seiner Rückkehr sagte er nur: „Ab morgen gehst Du zweimal in der Woche zu Henri. Er gilt in unserem Lande als einer der besten Lehrer für Selbstverteidigung. Sei es Judo, Karate und was es sonst noch so gibt. Wenn ich heute noch lebend vor Dir stehe, dann habe ich das seinem Unterricht zu verdanken."

„Dein Vater erzählte mir, daß Dich zwei Jungen überfielen," empfing Henri mich. „Dein Tritt gegen die Kniescheibe zeigt schnelle Reaktionsfähigkeit. Allerdings hast Du mehr aus Versehen Glück gehabt. Nun bringe ich Dir bei, wie Dein Gehirn zusammen mit Deinem Körper in gefährlichen Situationen blitzschnell reagieren muß."

Die ersten Stunden waren ernüchternd und brachten mir etliche blaue Flecken ein. Immer und immer wieder stürzte ich nach Griffen und Schlägen auf den Boden. Entmutigt fragte ich ihn deshalb nach dem Sinn dieser Übung.
Ich müßte meinen Körper so in die Gewalt bekommen, daß ich mir bei Stürzen nicht die Knochen breche:
„Es ist nämlich so," erklärte er mir, „ein gefährlicher Angreifer schlägt Dich meistens unerwartet zu Boden. Deshalb lernst Du das Hinfallen ohne Dich zu verletzen. Wenn Du vor ihm auf dem Boden liegst, glaubt der Angreifer eine Sekunde lang, leichtes Spiel mit Dir zu haben, weil er Dich unter- und sich überschätzt. Diese Sekunde ist Deine Chance. Blitzschnell mußt Du ihn mit Deinen Beinen zu Fall

bringen und mit den richtigen Griffen außer Gefecht setzen. Oft kommen diese Halunken aber zu zweit. Wenn er erste fällt, mußt Du die Überraschung des anderen sofort ausnutzen. Keine Sorge, Roland. Ich bringe es Dir im Laufe der Zeit bei. Zuerst gegen einen, dann gegen zwei Angreifer."

Nach etlichen schmerzhaften Erfahrungen bei Henri's Unterricht begann mein Selbstbewußtsein zu wachsen. Er hatte die wunderbare Art, mir auch angebliche kleine Erfolge zu gönnen. Eines Tages legte er einen Holzblock vor mich hin. Ich sollte mit voller Wucht mit meinem Handrücken auf das Holz schlagen. „Aber so doch nicht!" schrie er mich an. „Du bist doch kein Weichling. Du mußt so hart zuschlagen, daß Du vor Schmerz heulen könntest."
Ich schlug härter zu. Es tat unglaublich weh.
„So ist es schon besser. Dennoch müssen wir das weiter üben." Meine Tränen unterdrückend fragte ich ihn, wozu das gut sei. „Ein harter Handrücken kann Dein Leben retten. Mit gepflegten Händen bleiben Deine Verteidiungsschläge wirkungslos. Behalte im Hinterkopf, Du mußt wendiger und härter als Deine Gegner sein. Die Übung mit dem Handrücken hat natürlich einen gezielten Zweck. Den werde ich Dir erst erklären, wenn Du bei mir die Prüfung bestanden hast."
Monate vergingen. Ich lernte mehr und mehr. Über den Angriff der Beiden dachte ich nicht weiter nach. In jungen Jahren verdrängt man so etwas, wenn längere Zeit nichts geschieht. Hinzu kam das Gefühl, mich wehren zu können.
Sonderbarerweise erinnerte ich mich erst wieder an den Überfall, als mir Henri einen Abwehrtritt beibrachte, der einen Angreifer kurzfristig bewußtlos machen kann. Mit dem schnellen Hochreißen eines Fußes sollte die Schuhspitze die Stelle auf der Stirn treffen, die zwischen den Augenbrauen liegt.
„Wenn das nicht gezielt geschieht, kann es gefährlich für Dich werden, weil Du in diesem Augenblick nur auf einem

Bein stehst," ermahnte er mich. Deshalb ließ er mich diesen Abwehrtritt immer wieder an einer Puppe üben, bis er mit dem Ergebnis zufrieden war.

Inzwischen hatte ich es mir angewöhnt, von der Metrostation zu unserer Allee einen mit Büschen bestandenen schmalen Abkürzungsweg zu benutzen, der allerdings nachts sehr dunkel war.
Es mochte ein halbes Jahr vergangen sein als mich auf dem Heimweg das Gefühl einer drohenden Gefahr überkam.
Vermutlich beobachtete ich deshalb an diesem Abend die Büsche genauer als gewöhnlich, ob sich jemand in ihnen verbarg.
Was ich instinktiv geahnt hatte, traf ein.
Mit einem gezückten Stilett griff mich aus einem Busch kommend der größere der beiden Jungen an. Darauf vorbereitet erwischte meine Schuhspitze die gelernte Stelle auf seiner Stirn zwischen den Augenbrauen. Benommen fiel er auf den Boden. Das Stilett flog in hohem Bogen in das gegenüberliegende Gebüsch. Den überraschten Kleineren setzte ich mit einem Tritt gegen eine Kniescheibe mit einem zusätzlichen harten Schlag meines Handrückens auf dessen linkes Ohr außer Gefecht. Beide lagen regungslos vor mir auf der Erde.
Da kam mir der Gedanke, wie ich die beiden Halunken vielleicht für immer loswerden könnte. Ich holte ihre Ausweise aus den Jackentaschen und rannte mit diesen zu der Polizeistation bei der Metro.
Verdutzt sah mich der Kommissar an, als ich ihm die Papiere auf den Tisch warf und ihm zurief, daß ich zwei Jugendlichen in meinem Alter nach einem Überfall entkommen konnte.
„So, so," sagte der Kommissar unbeeindruckt, „dann geben Sie mir zuerst Ihre Personalien an."
„Ich laufe Ihnen nicht fort, Herr Kommissar, aber das sind vermutlich zwei Verbrecher. Sie überfielen mich schon einmal. Wenn Sie ganz schnell sind, können Sie beide noch erwischen. Das ist doch eine Erfolgschance für Sie."

Das Wort „Erfolg“ wirkte, er griff sofort nach der Fahndungsliste und verglich die Fotos mit den Ausweisen. Schlagartig wurde er hellwach und hielt mir ein Foto entgegen. „Das wurde bei einem kürzlichen Raubüberfall auf einen Juwelierladen gemacht. Ist das einer Ihrer Männer? Er wird gesucht.“
„Augen und Statur stimmen. Wegen der Pudelmütze kann ich das nicht voll bestätigen.“
„Die Kerls sind so schnell, daß wir sie kaum einfangen können,“ meinte er resigniert.
„Doch, Herr Kommissar! Der Überfall war erst eben und der Kleinere kann mit seiner lädierten Kniescheibe nur humpeln.“
Jetzt ging alles sehr schnell. Zwei seiner Leute postierte er an das Ende der Rolltreppe zum Bahnsteig. Nach meiner Bestätigung gäbe er ihnen das Zeichen zur Verhaftung. Ich bat den Kommissar, sie versteckt beobachten zu dürfen. Würden sie mich hier sehen, könnten sie sich später einmal an mir rächen. Kaum stand ich im Schutz eines Zeitungskioskes, da erschienen sie oben auf der Treppe. Der Kleinere humpelte am Arm des anderen.. „Sie sind's!“ zeigte ich auf sie.
Kurz darauf waren sie verhaftet und wurden abgeführt.
„Vielen Dank, junger Mann. Es sieht so aus, als ob Sie mir in meiner Polizeilaufbahn einen Dienst erwiesen.“
Er notierte sich meine Adresse und schickte mich nach Hause. Er käme später zu uns, um das Protokoll aufzunehmen. Vorher gäbe es noch viel zu tun. Was er damit meinte, erfuhr ich erst bei seinem Besuch.

Wie so oft, war mein Vater unterwegs. Mutter und Mariella hörten sich erschrocken an, was geschehen war. Der Besuch des Kommissars schien Mutter zu stören. Mit Polizisten hatte sie wenig im Sinn.
„Sei dennoch freundlich zu ihm. Schließlich half ich ihm.“

Er erschien um 22 Uhr und begrüßte meine Mutter mit den Worten, daß sie einen tüchtigen Jungen hätte und entschuldigte sich für sein spätes Erscheinen.

Beruhigt bot ihm Mutter einen Kaffee und einen Calvados an. Während er seinen Kaffee trank, erklärte er uns den Grund für die Verspätung. In den Ausweispapieren stand eine Wohnungsadresse. Sofort habe er seine Kollegen in der Stadt gebeten, diese zu untersuchen. Sie wären fündig geworden. Diebesgut nicht nur ans dem Juwelierladen, sondern auch von anderen Überfällen.
„Das Verrückteste ist,“ schüttelte er den Kopf, „meine Kollegen stellten sogar Pläne über andere Raubtaten sicher, die wir ihnen jetzt nachweisen können. Wir fanden auch das Stilett im Busch. Es wird untersucht, denn in einem Fall wurde ein Mann damit niedergestochen. Die müssen größenwahnsinnig gewesen sein, um so etwas festzuhalten.
Doch nun kann ich Ihnen eine gute Nachricht überbringen,“ sah er meine Mutter an. „Für die Ergreifung der Täter erhält Ihr Sohn eine Summe von 10.000,–“
So erhielt ich mit 15 Jahren mein erstes Einkommen.
Bei der nächsten Unterrichtsstunde berichtete ich Henri stolz mein Erlebnis.
Trocken erwiderte er: „Na, dann habe ich Dich nicht umsonst unterrichtet. Eines sage ich Dir aber vorweg. Wenn Du Dich zukünftig selbst überschätzt, bis Du das nächste Mal der Verlierer.“

Zwei Wochen später machte ich bei ihm meine Abschlussprüfung und erhielt ein Diplom.
Anschließend gab er mir den Rat, auch weiterhin bei ihm zu üben, weil Körper und Gehirn die Eigenschaft besäßen, ohne laufende Benutzung nachzulassen.
Sich bei mir einhakend führte er mich in sein kleines Büro: „Du magst Dich erinnern, daß ich Dir nach Deinem Abschluß noch etwas sagen wollte. Vergiß nicht, die Ethik der Selbstverteidigung darf Dich nie zu einem Mörder werden lassen. Der Handrückenschlag gegen die Halsschlagader kann bei unkontrollierter Härte tödlich sein. Natürlich gibt es im Leben Situationen, wo es darum geht, „er“ oder „ich“. Du kannst Dich retten, aber Du mußt nicht töten. Merke

Dir einen weiteren Tipp. Wenn jemand mit einer Pistole oder einem ´Gewehr vor Dir steht und den Finger am Abzug hat, bist Du chancenlos. Seine Kugel ist schneller als Deine Abwehr. Gib dem Angreifer, was er von Dir verlangt.
Es geschieht jedoch weit öfter, daß Dir jemand plötzlich seine Waffe an die Schläfe hält. Er wird kaum damit rechnen, daß Du in derselben Sekunde den Mut hast, ihn mit den gelernten Fußübungen zu Fall zu bringen und mit Griffen außer Gefecht zu setzen.
Mit einem Glas Wein prostete er mir zu: „Ich ahne nicht, wie Dein späteres Leben verläuft. Auf jeden Fall bist Du fit genug, um Dich zu wehren.“

Die Geschichte meiner Mutter

Wie so viele Jungendliche wussten wir eigentlich wenig über das Leben unserer Eltern. Alles war da, was wir brauchten. Warum fragen?
Mutter war eine zierliche Person. Sie hatte braune Kräuselhaare, die ihr anmutig zu Gesicht standen. Liebenswürdigkeit war eine ihrer Vorzüge, die uns vergessen ließen, daß wir recht streng nach ihren Prinzipien erzogen wurden, aber immer gerecht.
Wenn meine Schwester Mariella oder ich aufmucken wollten, fanden wir Trost bei Tina. Mariella ließ sich bereits als Säuglingsschwester ausbilden. Durch ihren Dienst sahen wir uns selten. Wohl auch dadurch hatten wir uns keine weitergehenden Gedanken über das Vorleben der Eltern gemacht. Bei Vater genügte uns die Auskunft er sei Kaufmann.
Wir Kinder stellten manchmal vergnüglich fest, daß Mutter meinen zuweilen aufbrausenden Vater gleichfalls sicher im Griff hatte. Mit einem liebevollen Lächeln schwieg sie in solcher Situation so lange, bis er sich wieder beruhigte. Als ob es völlig belanglos sei, fragte sie ihn dann nach

dem Grund der Aufregung. Ihrer Meinung nach könnte er den Ärger auch anders loswerden und schlug ihm eine Lösung nach ihrer Vorstellung vor.
Vater liebte und verehrte sie abgöttisch. In meiner Erinnerung endeten solche Gespräche immer so, daß er ihren Rat befolgte.

Ich war damals 16 Jahre alt, Mariella 18 als sich unser geregeltes Familienleben dramatisch veränderte.
Die ersten Veränderungen in Mutter's Wesen beunruhigten uns noch nicht, aber es fiel uns auf, daß sie zeitweise minutenlang wie abwesend vor sich hinstarrte. Sobald sie wieder zu sich kam, war ihr entfallen, was sie getan hatte, oder tun wollte.
Da auch wir jungen Leute vergesslich sind, beruhigten wir uns mit dem Gedanken, daß sie von der Arbeit übermüdet sei.
Richtig aufmerksam wurde ich, als sie eines morgens kurz zum Einkaufen gehen wollte, aber erst abends ohne Waren nach Hause kam.
Meine überraschte Frage beantwortete sie mit einem Achselzucken. Wo sie gewesen wäre, wüßte sie nicht genau. Sie sei halt spazierengegangen.
Als Mariella heimkam, berichtete ich ihr, was vorgefallen war. Schockiert setzte sie sich hin, schwieg einen Augenblick, bevor sie bedrückt sagte: „Ich bin keine Ärztin, Roland. Ich kenne inzwischen nur die Säuglingskrankheiten. Bei Gedächtnisschwäche muß es sich um Störungen im Gehirn handeln. Ich frage unseren Arzt. Wir müssen es aber Vater mitteilen."
Nach dem gemeinsam, harmonisch verlaufenden Abendesse, warteten wir bis Mutter in die Küche ging und klärten Vater danach über den Einkauf ohne Waren auf.
Sichtlich betroffen schien er zu überlegen. Er schüttelte den Kopf und wollte wohl mit seinem nächsten Satz sowohl sich wie uns beruhigen: „Das kann nur daran liegen, daß sie zu viel tut und erschöpft abschaltet. Ihr habt sie beim Abendessen erlebt. Sie war so gelockert wie immer."

Drei Wochen später standen wir ratlos dem Geschehen gegenüber. Morgens hatte ich Mutter zum Einkaufen weggehen sehen. Um 20 Uhr abends war sie noch nicht wieder zurück.
Anfangs regte sich Vater darüber auf, daß kein Abendbrot auf dem Tisch stand, bis er die ungewöhnliche Tatsache begriff, daß Mutter verschwunden blieb. Wir riefen Freunde an. Sie hatte keinen von ihnen besucht..
Nun glaubten wir, daß sie auf der Straße verunglückt wäre, aber meinten, uns hätte in diesem Falle irgendeine Stelle benachrichtigt. Um Mitternacht wurde uns klar, irgendetwas unternehmen zu müssen. Vater wollte sie über die Polizei suchen lassen. Er griff den Vorschlag auf, meinen Kommissar anzurufen, zumal er Mutter kannte. Erst zwei Stunden später erreichten wir ihn zu Hause. Sogleich versprach er uns jede Hilfe. Er erkundigte sich nur noch nach ihrer Kleidung.
Am nächsten Tag rief er uns an. In kein Krankenhaus war eine Frau eingeliefert worden, die Mutter ähnelte, auch am nächsten Tage blieben seine Nachforschungen ergebnislos. Mein Vater verließ das Haus nicht mehr. Er wartete auf ein Lebenszeichen.
Und dann kam die erste Nachricht. Sie traf uns wie ein Schock. In einem lichten Moment war meine Mutter am Telefon. Sie wäre in einem Hotel und wüßte nicht, was sie tun sollte.
„Welches Hotel und wo?" fragte sie Vater aufgeregt, doch da unterbrach die Verbindung.
Am zweiten Tag läutete nachmittags wieder das Telefon. Es war Mutter. Dieses Mal erfuhren wir den Namen eines Hotels in Berlin. Uns blieb völlig unverständlich, was sie aus Paris nach Berlin getrieben hatte.
„Wir müssen sofort Mutter abholen!" sprang Vater auf. „Du begleitest mich, Junge."

Wir trafen sie im Bett des Hotelzimmers liegend an. Sie schien uns nicht zu erkennen und in diesem Zustand kleideten wir sie an.

Im Auto kam sie wieder zu sich. Sie wirkte normal wie früher, aber sie konnte uns nicht erklären, warum sie nach Berlin gefahren war.
Irgendeine Erinnerung müßte sie dazu getrieben haben. Genaueres sie ihr entfallen, so wie auch die Bahnfahrt. Sie erinnerte lediglich, nach ihrer Ankunft in Berlin von ihrem Taxifahrer in das Hotel gebracht worden zu sein. Dort hätte sie sich erschöpft hingelegt und sei erst am nächsten Tag aufgewacht.
Zu unserer Freude blieb sie auf der Rückfahrt bei klarem Verstand so, als ob nichts Besonderes geschehen wäre.
Mein Vater benutzte diese Gelegenheit, sie eindringlich um ihre Genehmigung zu einer Untersuchung durch einen ihm bekannten Professor zu bitten.
„Wir alle brauchen Dich doch noch," streichelte er ihre Wange erleichtert, als sie zugestimmt hatte.
Seine scheinbare Zuversicht verscheuchte nicht meine aufsteigende Angst.

Nicht lange nach unserer Rückkehr brachte er sie in das Krankenhaus. Zuvor hatte er dem Professor die von uns beobachteten Symptome geschildert.
„Ich rufe Sie an, sobald das Untersuchungsergebnis vorliegt und Sie Ihre Frau besuchen können," schickte er Vater nach Hause.
Der nächste Tag verlief ohne Anruf. Wie ein eingesperrter Tiger im Käfig lief er in der Wohnung hin- und her und machte Mariella und mich nervös.
Am späten Abend erfolgte das erwartete Gespräch. Der Professor bat um eine Besprechung am nächsten Morgen.
Nach dieser Nachricht stützte Vater den Kopf in seine beiden Hände: „Es muß schlimm um sie stehen, sonst hätte er einige ermunternde Worte hinzugefügt," murmelte er.
Mariella versucht ihn mit dem Hinweis aufzumuntern, daß kein Arzt am Telefon Auskunft geben würde.
Er blieb in gedrückter Stimmung.

Als uns Vater nach der Besprechung zu sich rief, sahen wir schockiert, daß er geweint hatte. Unvorstellbar bei ihm.

Sein Stimme war fast nur ein Flüstern. Für uns völlig ungewohnt bei diesem agilen Mann.
Wir erfuhren, daß die Untersuchung einwandfrei ergab; nicht mehr zu operierende Gehirntumore.
Mit Tränen in den Augen fügte Vater hinzu, Mutter müsse im Krankenhaus bleiben. Ihre Lebensdauer schätze der Professor auf 1 bis 2 Monate, höchstens auf ein halbes Jahr ein, aber das sei selbstverständlich nur eine Schätzung nach seinen Erfahrungswerten. Er würde jedoch alles tun, um ihr Schmerzen zu ersparen.
„Ich werde jeden Tag bei ihr sein," sagte Vater mit festerer Stimme. „Man bot mir auch eine Übernachtungsmöglichkeit im Krankenhaus an, wenn es notwendig erscheint. Geht zu Bett, Kinder und laßt mich jetzt bitte allein. Betet für Eure Mutter."

Nun folgte die quälende Zeit, in der mein Vater täglich Stunden am Bett meiner Mutter verbrachte, manchmal übernachtete.
Nach 4 Wochen fiel sie in eine Art Koma, war nicht mehr anzusprechen und erkannte ihn nicht mehr, wobei sie nach Vaters Aussage durch die Mittel niemals unter Schmerzen litt.
In der sechsten Woche entschlief sie friedlich.
In diesen Wochen war Vater zusehends zu einem alten Mann geworden, ohne Lebensfreude, ohne Initiative.

Der Besuch im Kloster

Bei Mutters Beerdigung fiel mir unter den zahlreichen Anwesenden eine alte Nonne auf, weil sie meinen Vater ungewöhnlich tröstlich umarmte. Ich wunderte mich über den Vorschlag meines Vaters, sie nach der Zeremonie in dem naheliegenden Café zu treffen, bevor er sie nach Hause brächte.
„Unsere Zeit läuft so schnell ab, daß wir uns etwas Zeit für uns nehmen müssen," lächelte sie zusagend.

Jetzt begriff ich, weshalb Vater im Morgengrauen mit dem Auto fortgefahren war und wir allein zur Kirche gehen sollten, wo er zu uns stoßen wollte.
Er musste die Nonne abgeholt haben.
Im Café stellte er uns ihr vor: „Mariella, meine Tochter und Roland , mein Sohn."
„Wie schön Euch kennenzulernen. Bisher sah ich nur Fotos von Euch." Überrascht fragte ich sie, ob sie diese von Mutter erhalten hätte. Sie schaute Vater an, der ihr zunickte.
„Eure Eltern besuchten mich öfters."
Eine Neuigkeit, die Mariella und ich verblüfft erfuhren. Bevor wir weitere Fragen stellten, kam die nächste, fast unfassbare Enthüllung auf uns zu.
„Ich darf doch sicher „Du" zu Euch sagen," begann sie das Gespräch fortzuführen und wandte sich an Mariella, ohne unsere Antwort abzuwarten:
„Du siehst mit Deinen Kräusellocken Deiner Mutter sehr ähnlich. Wie ich hörte bist Du dabei, Säuglingsschwester zu werden. Ein schöner Beruf. Einmal in meinem Leben pflegte ich einen Säugling und zog ihn groß.
Sozusagen, mein Kind," lächelte sie verschmitzt.
„Es war Eure Mutter."
Diese Eröffnung machte uns sprachlos.
„Laßt Euch die Geschichte von Eurem Vater erzählen."
„Nein, Schwester Ursula!" warf er abwehrend ein. „Nach diesem Tage tut mir die Erinnerung so weh, daß ich nicht darüber sprechen kann. Wenn meine Kinder das Vergangene erfahren wollen, dann bitte ich Sie das zu tun," ermahnte er zum Aufbruch.
Gemeinsam brachten wir Schwester Ursula in das Kloster zurück.
Es lag ungefähr 50 km südlich von Paris.
Beim Abschied umarmte sie meinen Vater und sagte schlicht:
„Denken Sie immer daran; ein starker Glaube besiegt die Verzweiflung. Ihre Kinder brauchen sie noch."
„Ich denke daran," versprach er.
Endlich klang seine Stimme etwas hoffnungsvoller.

„Darf ich Schwester Ursula bald besuchen?“ fragte ich ihn auf der Heimfahrt.
Einen Augenblick dachte er über meine Bitte nach.
„Gut, Junge. Mein Leben mit Mutter gehört auch zu Eurem Leben. Ich vereinbare einen Besuchstermin, bringe Dich morgens hin und hole Dich nachmittags ab.“

Zwei Wochen später setzte mich Vater beim Kloster ab. Schwester Ursula empfing mich und führte mich in das Besuchszimmer.
„Unsere Äbtissin erlaubte mir, Dir heute zur Verfügung zu stehen. Wir dürfen auch gemeinsam Mittag essen. Sie kennt die Geschichte Deiner Mutter und meinte, daß ein ungewöhnlicher Fall eine ungewöhnliche Ausnahme rechtfertigt.“
Ohne mich zu fragen, erhielt ich eine Tasse Kaffee. Auch sie goß sich nachdenklich eine Tasse ein.
Plötzlich hob sie ihren Kopf und sah mich an:“ Es hat keinen Sinn drumherum zu reden. Die Lebensgeschichte Deiner Mutter begann tragisch.
Zuerst eine Frage an Dich. Hast Du gesehen, daß von der Hauptstraße nur ein schmaler Weg zu uns führt, ein Auto breit, links und rechts Sandwege, an denen Platanen stehen?“
Ich bestätigte ihr, das mitbekommen zu haben.
„Hast Du auch bemerkt, daß kurz vor der Einfahrt zum Kloster der Weg eine starke Biegung macht?“
„Vater fuhr plötzlich ganz langsam.“
Sie nickte befriedigt: „Das ist die Unglücksstelle.
Damals 1937 war ich 17 Jahre alt. Ich hatte die Aufgabe, dort die Post entgegenzunehmen.
Auf sie wartend, hörte ich ein Auto herankommen.
Es bog ziemlich schnell um die Kurve, geriet ins Schleudern, kam auf den Sandstreifen und prallte frontal auf eine Platane. Dabei sprang die hintere Wagentür auf und ein Baby fiel durch die Wucht des Aufpralls im Bogen auf die Sandpiste an meiner Seite. Instinktiv lief ich zu dem Baby und nahm es in die Arme.

Panisch erschrocken flüchtete ich mit ihm in Sicherheit, als ich sah, daß das Auto zu brennen anfing. Kurz darauf stand es in hellen Flammen. Als der Postwagen kam, gab es nichts mehr zu retten. Die später eintreffende Polizei konnte nur noch feststellen, daß die Insassen mit ihren Papieren unkenntlich verbrannt waren.
Das Baby in meinen Armen war dadurch ein Waisenkind geworden. Es war Deine Mutter.
Unsere Äbtissin, in der damaligen Zeit war eine kluge, aber strenge Frau. Eine Adlige mit guten Verbindungen, die dem Überleben des Klosters halfen.
Nach einem Blick auf das Baby erklärte sie mir, wir müssten das Kind in einem Waisenhaus abliefern. Im Kloster könnten wir es nicht behalten.
Ich fing an zu weinen: „Das Mädchen muß sich nach dem Schock doch erst beruhigen."
„Nun gut. Säubern Sie die Kleine und geben sie ihr etwas zu trinken. Dann sehen wir weiter."

Wie durch ein Wunder war das Kind bei dem Sturz aus dem Auto unverletzt geblieben. Als ich es auszog und streichelte, lächelte es mich aus ihren braunen Augen so an, daß ich darum betete, es dürfte in meiner Obhut bleiben.
Ein Gebet, das auf sonderbare Weise sogleich erhört wurde. Die Eltern hatten dem Baby einen Brustbeutel umgehängt. Ich nahm ihn ab, sah hinein und glaubte, meinen Augen nicht zu trauen.
Es enthielt drei große geschliffene Diamanten und weitere Edelsteine, die ich noch nie gesehen hatte.
Danach ging ich mit ihr zu der Schwester in die Küche, wo das Kind Milch bekam, die es durstig austrank. Wir machten ihr ein Bettchen zurecht, in dem sie bald einschlief. Diese Gelegenheit benutzte ich, um der Äbtissin den Brustbeutel zu bringen. Sie nahm einen der Diamanten heraus und betrachtete ihn aufmerksam.
„Unfassbar!" murmelte sie und sagte nach einer nachdenklichen Pause: „Das ändert alles. Wir werden das Kind behalten und hier erziehen.

Da unser Kloster immer unter finanziellen Schwierigkeiten leidet, die uns bisher eine verbesserte Ausstattung der Räume und insbesondere der Küche nicht gestatten, können wir mit diesem Fund die Erziehung des Mädchens gewährleisten, darüber hinaus notwendige Verbesserungen ausführen.
Damit Sie auf keine falschen Gedanken kommen, unsere klösterliche Gemeinschaft macht es sich zur Aufgabe, die Liebe zu Gott und zwischen den Menschen zu verkünden und zu fördern. So verbietet sich jeder Betrug.
Deshalb nehme ich in Ihrem Beisein eine Liste der Schmuckstücke auf, die Sie unterschreiben müssen. Jedes ausgegebene Geld wird registriert, damit wir eines Tages diesem Kind offen Rechenschaft ablegen können."
Anschließend erhielt ich die Erlaubnis, Deine Mutter zu erziehen. Allerdings mit der Bedingung, sie nicht zu verwöhnen. Den Regeln des Klosterlebens müßte sie sich einfügen. Natürlich dürfte sie wie in einer Familie ungezwungen aufwachsen, aber ich müßte ihr deutlich machen, wo die Grenzen innerhalb einer Gemeinschaft liegen.
„Ich weiß, daß Ihre Zuneigung zu diesem Persönchen sehr groß sein wird. Falls sie zu groß wird, übergebe ich die Erziehung einer anderen Schwester," fügte sie abschließend hinzu.

Zwei Tage später rief mich die Äbtissin zu sich: „Die Polizei braucht Sie als Zeugin für das Unfallprotokoll. Im Interesse von uns allen habe ich einen Grund, Sie zu bitten, das gerettete Kind zu verschweigen. Ich erkläre Ihnen auch, warum.
Den mir gut bekannten Polizeikommissar fragte ich, ob sie die Opfer identifizieren konnten. Erstaunlicherweise bejahte er das. Seinen Experten sei es gelungen trotz des ziemlich zerstörten Nummernschildes dennoch festzustellen, daß der Wagen eine Berliner Nummer führte. Sie baten die dortige Behörde um Aufklärung. Die schockierende Antwort lautete: „Das Auto ist auf den Antiquar Josef Rosenbaum zugelassen. Wegen unerlaubter Bereicherung

deutschen Volksvermögens wird nach dem Flüchtigen gefahndet. Es gibt keine Familienangehörigen. Aufgrund Ihrer Mitteilung schließen wir die Akte."
Als ich diesen Namen hörte ahnte ich, welche Gefahr nicht nur unser kleiner Mädchen, sondern auch uns, die wir sie erziehen, zukünftig drohen könnte." „Wie kann ein Name uns gefährden?" fragte ich verständnislos.
„Sie sind noch jung, Schwester Ursula. Die politischen Ereignisse um uns herum erreichen unser Kloster selten, aber ich befürchte, daß sie uns unweigerlich einholen werden. Wir brauchen sehr viel Mut, um das zu überstehen.
Selbstverständlich wollte ich mich vergewissern, ob meine Befürchtung stimmte. Ich rief einen Vetter in Berlin an, der im Amt für Abwehr arbeitet. Als er den Namen „Rosenbaum" hörte, wunderte ich mich, daß er einen Augenblick schwieg, um mir dann zu erklären, den Mann nicht zu kennen. Gleich darauf teilte er mir mit, daß er in der kommenden Woche in Paris zu tun hätte und mich bei dieser Gelegenheit besuchen wollte.
Ein Gespräch, das meine Befürchtungen wachsen lässt. Bisher besuchte er mich noch nie. Vielleicht konnte er mir aus Abhörgründen keine telefonische Auskunft geben.
Auf jeden Fall werde ich Sie zu mir kommen lassen, wenn mein Vetter uns etwas über die Familie Rosenbaum berichten kann."

Nach seiner Ankunft wurde ich zur Äbtissin gerufen.
Mit einer höflichen Verbeugung begrüßte mich ihr Vetter.
Ein gut aussehender Mann, etwa 30 Jahre alt.
Er überraschte mich mit der Bitte, ihm meinen kleinen Pflegling zu zeigen. Als er die Kleine sah, nahm er sie sofort in die Arme: „Was bist Du für ein niedliches Persönchen," streichelte er sie. So alt wie mein Töchterchen. 8 Monate?" fragte er mich.
„Genau wissen wir das nicht," stotterte ich.
„Macht nichts, Schwester Ursula. Auf einen Monat kommt es nicht an. Hauptsache ist, daß wir die Zukunft dieses Waisenkindes schützen."

Niemals erwartete ich von einem Deutschen, der fließend französisch sprach, solche Worte. Am liebsten hätte ich ihn umarmt, umso mehr als er sich bei mir mit den Worten bedankte, daß die Kleine in guten Händen sei.
„Kommen Sie," nahm er mich bei der Hand, „wir gehen zu meiner Cousine zurück. Es gibt etliches zu sagen, was auch Sie erfahren müssen."
Dann klärte er uns auf.
„Was ich jetzt mitteile muß hinter den Mauern des Klosters verschwiegen bleiben.
Schon durch meinen Vater kannte auch ich die Rosenbaums gut. Er war einer der angesehendsten Antiquare in Europa. Verlässlich und anständig. Sehr vermögend. Mein Vater kaufte und verkaufte für seine Sammlungen manches bei ihm.
Die Tragik im Leben der Familie Rosenbaum ist ihre jüdische Abstammung. Im Programm unserer heutigen nationalsozialistischen Regierung steht die Ausrottung der Juden. Dabei ist es gleichgültig, daß sie seit Generationen Deutsche sind und sogar – wie Rosenbaum – im ersten Weltkrieg unser Land verteidigten.
Dein Anruf, Cousine, hat mich tief betroffen gemacht. So habe ich sofort meine Verbindungen mit dem folgenden Ergebnis spielen lassen.
Josef Rosenbaum war ein kluger Mann. Am Anfang des Jahres 1937 – das Jahr, in dem wir gegenwärtig leben – begriff er, keine Überlebenschance in unserem Reich zu haben. Er überschrieb einem Partner sein Geschäft von dem er wusste, daß dieser als alter Nationalsozialist eine beratende Verbindung zu Hermann Göring hatte. Ihm war bewußt, daß
dieser Partner damit Besitzer seines Vermögens wurde, ohne etwas zahlen zu müssen. Als Gegenleistung erbat er sich das ungehinderte Verlassen Deutschlands mit seinem Auto. Nur dieser Mann konnte das über Göring arrangieren. Wie wir wissen, hielt sein Partner diese Bedingung ein. Aber nur einen Tag lang. Einen Tag später meldete er Rosenbaum als geflüchteten Volksfeind, um sich selber zu

schützen. Dadurch kam Rosenbaum sofort auf die Fahndungsliste.
Wichtig für uns heute ist jedoch die Tatsache, daß er in weiser Voraussicht niemals die Geburt des kleinen Mädchen anmeldete. Nach dem Tod seiner ersten Frau ist sie das Kind seiner jüngeren zweiten Frau."
„Wie hältst Du es nur aus, unter solchen Verbrechern zu leben?" fragte ihn die Äbtissin entsetzt.
Seine Antwort vergaß ich nie.
„Noch kann ich Menschen in meiner Position helfen. Wer weiß, wie lange noch."
Doch nun zurück zu Eurem Pflegekind. Du solltest das Kind auf einen ungefährlichen Namen taufen. Da wir beide einer Familie angehören, schlage ich vor, sie nach unserer vor 100 Jahren verstorbenen Tante zu nennen. Isabel Dulong."
So erhielt Deine Mutter diesen französisch klingenden Namen.
Nach der Herkunft dieses Waisenkindes gefragt, gaben wir an, eine unbekannte Person hätte das Kind in einem Korb nachts vor die Tür gelegt.

Turbulente Zeiten

Kurz nach dem Einmarsch der deutschen Truppen in Frankreich besuchte uns dieser Vetter ein zweites Mal. In Zivilkleidung, worüber sich die Äbtissin wunderte.
„Es gibt Franzosen, die nicht gerade begeistert sind, überall deutschen Uniformen zu begegnen. Warum ihre Gefühle unnötig verletzen," erklärte er.
„Hast Du etwas dagegen, wenn Schwester Ursula bei unserer Unterhaltung zugegen ist? Ich finde, daß es wichtig ist, wenn auch junge Menschen über die Lage, in der wir alle schweben, Bescheid wissen und nicht alles einseitig sehen."
Die Äbtissin zögerte mit ihrer Antwort, bis sie zustimmte.

Was ich dann in ihrem Wohnzimmer zu hören bekam, lehrte mich, daß Menschen großartig und schrecklich sein können und man bei einer Beurteilung sehr vorsichtig sein muß.
Für einen Offizier, der zu einer Armee gehörte, die Frankreich eroberte, erwartete ich alles andere als seine nächsten Sätze: „Wenn mein Verstand mit den Informationen, die ich habe, richtig arbeitet, liebe Cousine, dann ist dieser Sieg nicht das Ende, sondern der Anfang schrecklicher Zeiten, die noch auf uns zukommen. Sie werden an Eurem Kloster nicht vorbeigehen.
Du weißt, daß wir in unserer Familie dazu erzogen wurden, mit Anstand und Moral durch das Leben zu gehen. Nach dem Spruch „mit Gottvertrauen standhaft und treu". Klingt sehr preussisch, nicht wahr? Ist aber nicht allein preussisch. Du darfst mir glauben, es gibt auch Franzosen, die ihr Leben für die Befreiung einsetzen werden.
Was mich angeht, so bin ich im inneren Widerstand zu unserem Regime, das jeden umbringt, der sich ihm entgegenstellt. Ändern kann ich es nicht, nur Verfolgten im Rahmen meiner Möglichkeiten helfen. Noch habt Ihr die Grausamkeiten von Himmlers besonderen SS-Einheiten nicht erlebt. Sie werden Euch nicht erspart bleiben.
Damit komme ich nun auf Euer Kloster zurück. Natürlich versuche ich, Euch über meine Dienststelle in Paris zu schützen, aber vielleicht funktioniert das nicht immer.
Je länger der Krieg dauert, je härter werden die Lebensbedingungen für Deine Landsleute.
Logischerweise werden sich Widerstandsgruppen bilden. Diese brauchen geschützte Plätze für ihre Aktionen und könnten eines Tages an die Tür Deines Klosters klopfen. Was machst Du dann?"
Sprachlos sah ihn die Äbtissin an, stand auf, ging an das Fenster und sah in den Garten hinaus. Nach einer kurzen Weile wandte sie sich um:
„Danke, Vetter. Du hast einer älteren Frau auf Deine Art beigebracht, was ich zu tun habe. Ich werde sie unterstützen, auch wenn es mein Leben kosten sollte."

„Wir beide können nur einmal sterben," löste seine lächelnde Bemerkung die entstandene Spannung.
„Solltest Du einmal in Schwierigkeiten kommen, betrachte dieses Kloster als Deine Zuflucht," bot ihm die Äbtissin an.
Ihr Vetter fing an zu lachen: „Ich, in einem Nonnenkloster? Wie soll das gehen??"
„Als Gärtner, denn es sieht so aus, als ob wir uns zukünftig mit allem selber versorgen müssen. Kartoffeln, Gemüse, Hühner, vielleicht eine Kuh, ein Schwein. Du bist doch auf Eurem Gut groß geworden und verstehst etwas davon. Auf jeden Fall lasse ich hinten im Wäldchen eine Hütte bauen. Wenn das passiert, was Du voraussiehst, wird sie in jedem Fall gebraucht."

Nach seinem Abschied sah ich ihn nie wieder, aber wir blieben zwei Jahre von der Besatzungsmacht unbelästigt.

Wenn ich mich richtig erinnere, endete die trügerische Ruhe an einem Septembertag 1943. Zwei junge Leute erschienen. Ich bearbeitete das Kräuterbeet im Vorgarten. Deine Mutter Isabel spielte auf dem Rasen mit einem Ball. In ihrer impulsiven Art warf sie einem der jungen Männer ihren Ball zu, den dieser auffing und zurückwarf. Vergnügt spielten beide einen Augenblick, bis er ihr den Ball in die Hand drückte und lustig sagte: „Wenn Du so niedlich bleibst, wie Du jetzt bist, heirate ich Dich einmal."
„Was erwidert die kleine Krabbe: „Dazu gehören zwei."
„Klar gehören dazu zwei. Einmal Du, einmal ich."
Diese heitere Antwort gab ihr Dein Vater, den ich dabei erstmalig kennenlernte.
Sie wollten die Äbtissin sprechen.
Über dieses Gespräch weiß ich nichts, aber die Folgen blieben mir nicht verborgen.
Die jungen Leute wohnten einige Tage in der Hütte und arbeiteten in der Krypta unter dem Kloster. Dort befanden sich die Särge der verstorbenen Äbtissinnen.

Zwei Wochen später kamen sie mit einem Pferdewagen zurück. Sahen wie Bauernjungen aus. Sie brachten eingeschlagene Pakete in das Kloster.
Während ihres letzten Ganges kam Isabel mit ihrem Ball in den Garten gelaufen, erkannte den jungen Mann und warf ihm den Ball zu. Er ließ das Paket fallen und fing ihn auf. Dabei öffnete sich die Hülle. Zwei Maschinenpistolen lagen auf dem Rasen. Erschrocken sah mich Dein Vater an. „Keine Sorge," beruhigte ich ihn. „Ich habe nur den Ball gesehen."

Zweifellos berichtete er diesen Vorfall der Äbtissin. Ich war immer noch im Garten, als sie uns verließen.
Dein Vater drückte mir die Hand: „Vielen Dank, daß Sie auf unserer Seite sind."
Klug, wie die Äbtissin war, wusste sie natürlich, daß uns allen die Vorgänge mit den Besuchen der jungen Leute nicht verborgen blieben. Nach dem zweiten Besuch Deines Vaters rief sie uns zusammen.
„Ich setze voraus, daß nicht eine von Ihnen unser französisches Vaterland verraten wird. Es ist mein Entschluß, die Widerstandskämpfer zu unterstützen. Wir alle haben gelobt, im Namen des Allmächtigen Unterdrückten und Verzweifelten zu helfen. Es kann uns das Leben kosten. Dieser Aufgabe zu entfliehen ist für keinen von uns mehr möglich. Dafür ist es zu spät."
Eindringlich fügte sie noch hinzu: „Was wir tun, darf nie nach außen dringen. Ich vertraue Ihnen und dem HERRN, der unser Schicksal in seinen Händen hält."

Selbstverständlich verfolgten wir nun den Ablauf der Kriegsereignisse. Wir ahnten, unweigerlich in das Geschehen hineingezogen zu werden. Der erste Hoffnungsschimmer für uns war die Katastrophe in Stalingrad für die deutschen Truppen. Dadurch zeichnete sich eine Wende ab. Aber genau damit wuchs auch die Gefahr für uns. Wir beteten über eine befreiende Invasion der alliierten Kräfte, über die gemunkelt wurde.

Wie würde sich jedoch die deutsche Besatzungsmacht uns gegenüber verhalten, wenn diese Erfolg hätten? Freiwillig würden die Deutschen Frankreich mit Sicherheit nicht aufgeben. Das konnte nur Kämpfe im ganzen Land bedeuten.

Was wir in 1944 erlebten wurde ein Albtraum. Dein Vater kam ab und an im Schutz der Nacht mit Freunden zu uns. Manchmal erfuhren wir Tage danach, daß in unserer Region Attentate auf deutsche Einrichtungen oder Fahrzeuge verübt worden waren.
Dann landeten im Juni die Alliierten. Freudestrahlend erschien Dein Vater mit einem Freund und rief uns stolz zu: „Jetzt geht's los!"
„Wir haben die Aufgabe, die Truppenbewegungen der Deutschen zu stören. Sprengung von Strassen- und Eisenbahnbrücken."
„Werden diese Stellen nicht bewacht?" fragte ich ihn erschrocken. „Meist nur von paar Leuten. Notfalls haben wir Maschinenpistolen."

Mit dieser Aussage war der Krieg zu uns gekommen. Die Ereignisse eskalierten. Mitte Juni flog eine Straßenbrücke in die Luft. Der Weg nach Süden gebrauchte einen längeren Umweg.

Kurze Zeit später kam der Tag, den ich nie vergessen werde. Es war der 22. Juli 1944. Das mißglückte Attentat auf Hitler zwei Tage vorher hatten wir erfahren. An diesem 22. Juli war es der Widerstandsgruppe Deines Vaters gelungen, eine wichtige Eisenbahnbrücke in unserer Nähe nachhaltig zu beschädigen.
Im Morgengrauen erschien er mit einem Freund. Sie wollten sich in der Hütte ausschlafen.

Zufälligerweise stand ich um 11 Uhr mit der Äbtissin in unserem Eingang, als ein deutscher Kübelwagen vorfuhr. Ihm entstieg ein SS-Offizier mit seinem Begleiter. Ich wun-

derte mich darüber, daß sie Karten in den Händen hatten und das Kloster musterten.
Noch heute bewundere ich den Instinkt der Äbtissin.
„Laufen Sie sofort in die Hütte! Wecken Sie die jungen Leute und sagen Sie ihnen, wer vor der Türe steht. Sie sollen von hinten hereinkommen und versteckt in unserer Nähe das Gespräch belauschen.. Für meine Begriffe werden die beiden gesucht. Und Sie kommen bitte zu mir zurück."
In einem Punkt irrte sich die Äbtissin.
Der SS-Offizier kam mit seinem Begleiter auf uns zu und fragte sie herrisch, wer für das Kloster zuständig sei.
„Ich bin die Äbtissin. Um was geht es?"
„Wir stellten fest, daß es in dieser Gegend Partisanen gibt, das werden wir unterbinden und Ihr Kloster als Sicherheitsposten besetzen. Ich gebe Ihnen 12 Stunden Zeit, um das Kloster zu räumen."
„Und wohin soll ich mit meinen Nonnen gehen?" fragte sie ruhig.
„Das ist Ihre Sache. Ihr Kirchenleute seid doch alle eine **Qlique.** Fehlt nur, daß Sie hier auch Juden verstecken."
„Ich habe Sie verstanden. Können Sie mir der Ordnung halber den Ausweisungsbefehl geben, denn auch ich muß mich rechtfertigen."
„Dafür brauchen Sie kein Schriftstück. Ich erteile hier Befehle!"

In diesem Augenblick wurden die beiden von den Schüssen einer Maschinenpistole tödlich getroffen. Der Freund Deines Vaters hatte sie abgegeben.
„In unserem Kloster!" entfuhr es der Äbtissin entsetzt.
Dein Vater versuchte sie mit der Feststellung zu beruhigen:
„Hier ging es allein um die Frage, Sie, Ihre Nonnen, wir, oder die SS-Leute.
Sie brauchen sich um nichts zu kümmern. Wir wissen, was zu tun ist. Die beiden werden für immer als vermißt gelten. Das Auto verschwindet innerhalb unserer Organisation.

Vielleicht weiß deren Dienststelle in Paris, wohin sie fahren wollten. Sie sind jedoch nie hier angekommen. Opfer der Partisanen.
An dieser schmalen Straße liegt glücklicherweise kein Dorf. Daher bleiben Nachforschungen ergebnislos, weil sie keiner sah.
Glauben Sie mir, Äbtissin, auch ich habe ein Gewissen, aber um uns alle zu retten, gab es keine andere Möglichkeit."
Nicht lange danach wurden wir von den Alliierten befreit.

Deinen Vater sah ich kurz nach dem Kriegsende wieder. Bei einem traurigen Anlaß. Unsere Äbtissin war sanft entschlafen. Sie hat uns ihre Herzbeschwerden nie wissen lassen.
Zu meiner Überraschung erschien er zu dieser Beerdigung. Er wollte dieser tapferen Frau seine letzte Ehre erweisen. Hinterher ergab sich die Gelegenheit zu einer Unterhaltung mit ihm. Ich gestehe ein, nicht ganz frei von Neugierde zu sein, gab es doch einige ungeklärte Fragen die ihn und die Vergangenheit betrafen.
Vorsichtig erkundigte ich mich nach seinem Freund und erhielt die bestürzende Antwort, daß es ihn bei einer der letzten Aktionen erwischt hatte.
Wo sie die Waffen bei uns versteckt hielten und wie sie an diese herangekommen wären, wollte ich wissen.
Wir stellten einen weiteren Sarg in die Gruft der Krypta, den ein Tischler auf alt getrimmt hat. Der war das Waffenlager. Die Waffen besorgen war weitaus schwieriger. Heute kann ich Ihre Neugierde befriedigen, Schwester Ursula. Allerdings muß ich bei meiner Antwort etwas ausholen," lächelte er mich charmant an.
„Unsere Familie stammt aus Marokko. Mein Großvater war ein Waffennarr. Da es in Marokko keine Fabriken dieser Art gab, wanderte er nach Frankreich aus und fand eine Anstellung in eine unserer führenden Fabriken. Ein Vorgesetzter erkannte sehr bald seine Fähigkeiten, Waffen zu beurteilen und zu verkaufen. Außerdem lernte er sehr schnell Sprachen wie spanisch und deutsch.

Irgendwie schaffte er es in Zusammenarbeit mit der Fabrik sich als Verkaufsagent selbständig zu machen. Waffenhandel ist gefährlich. Vieles spielt sich hinter den Kulissen ab. Verdienen wollen sie alle. Auch Regierungen, die von Verkäufen offiziell nichts wissen.
Nach dem Tode meines Großvaters übernahm mein Vater das Geschäft und er brachte mich als Lehrling in dem Pariser Auslieferungslager der Fabrik unter.
Dieses wurde rund um die Uhr von deutschen Militärposten bewacht und befand sich im Schutz von Sperrzäunen. Die Waffenauslieferung lief nur an deutsche Truppen.
Der Kommandant war ein rundlicher, etwas älterer Major, dem ein gleichfalls älterer Oberfeldwebel zur Seite stand und uns mit seinen Soldaten überwachte.
Auf eine Anfrage, wer deutsch könnte, meldete ich mich und der Major nahm meine Dienste in Anspruch, wenn er einen Dolmetscher brauchte.
Durch meine Jugend hielt er mich wohl für ungefährlich.

Noch war meinem Freund und mir als Widerstandskämpfer nicht klar, wie wir Waffen für uns herausbekommen könnten.
Da ergab sich die Lösung fast von selbst. Wie so viele Besatzer wollte auch der Major sein Leben in Paris möglichst genießen. Bisher beschränkte sich das auf gutes Essen und Trinken. An Wild kam er durch das zuständige Verpflegungslager nicht heran. Hier half ich ihm über unsere Verbindungen in der Hoffnung, sein an sich umgängliches Wesen für unsere Zwecke ausnutzen zu können.
Und er lieferte uns die Idee dazu.
Eines Tages wollte er von mir wissen, ob ich ein Etablissement empfehlen könnte, welches sicher sei und wo man angenehme Frauen kennenlernt.
Natürlich kannten wir solche Häuser. Sie dienten uns als Informationsquellen.
Ob er den Oberfeldwebel mitnehmen wollte, fragte ich scheinheilig.

Der müßte für die Sicherheit des Lagers sorgen, kam die kurze Antwort, die unseren Plan vereinfachte.
Ich schlug ihm ein gutes Etablissement vor, das nur empfohlene Kunden akzeptierte, weil die Chefin jeden Ärger und Randale möglichst vermeiden wollte. Sie betrachte ihr Haus als Oase der Entspannung und Freude. Jeder Gast würde einzeln bedient, machte ich ihm den Besuch schmackhaft.
Allein würde er es mit seinem Wagen allerdings kaum finden. Mit seinem Einverständnis würde ich ihn dorthin begleiten und auch für die Sicherheit seines geparkten Wagen sorgen.
In einem Punkt unterschätzte ich den Major ein wenig, denn er deutete klipp und klar an, die Adresse beim Oberfeldwebel mit der Anweisung zu hinterlassen, daß ich mit meinem Kopf für seine sichere Rückkehr hafte.
Nun konnten wir unseren Plan ausführen.
Der Wagenpark wurde nicht bewacht. Schließlich befand er sich im gesicherten Lager. Der Major wollte um 21 Uhr starten. Da war es damals schon dunkel.
Genau dadurch ergab sich für uns die Gelegenheit, einige Waffen in den Kofferraum zu packen, den wir leicht öffnen konnten. Gefährlich würde es nur werden , wenn der Major aus irgendeinem Grund ihn vor der Abfahrt öffnete. Selbst dann konnte ich immer noch den Ahnungslosen spielen . Ich mußte es darauf ankommen lassen.
Der Abend kam. Alles war vorbereitet.
Zu meiner Beruhigung hatte sich der Major etwas Mut angetrunken. Wie ich ihn einschätzte, gehörten Bordellbesuche nicht zu seiner Lebensauffassung. Wahrscheinlich ließen ihn nur die derzeitigen Umstände die außergewöhnliche Erfahrung wagen.
Er setzte sich sofort ans Steuer. Der Wachtposten salutierte und öffnete das Tor. Nun konnte nichts mehr passieren.
Wenig später ließ er mich sogar das Auto lenken, weil ich die Stadt besser kennen würde.
In der Hoffnung, einen solchen Waffentransport wiederholen zu können, hatten meine Verbindungsleute ein für die-

se Belange sehr gepflegtes Haus in einer guten Gegend ausgesucht.
Auf Umwegen fuhr ich dorthin. Der Major sollte den Eindruck gewinnen, ohne mich den Platz nicht wiederzufinden, falls es zu einem weiteren Besuch kam.
Während der Fahrt meinte er ahnungslos, daß wir etwa um 1 Uhr zurückfahren würden. Ich verkniff mir ein Grinsen. Weshalb den Mann früher aufklären?
Bei unserer Ankunft stellte ich das Auto vor Beobachtungen geschützt auf der Rückseite des Hauses ab.
Nachts ließen sich die Waffen wegen der Polizei- und Militärstreifen nicht wegbringen. Daher verstaute ich sie später im Keller. Am nächsten Morgen sollte sie ein Kamerad mit einem unverfänglichen Gemüsekarren abholen.
Vorher stellte ich den Major der Chefin vor. Amüsiert sah ich, wie höflich er sie begrüßte und ihr gleich ein Kompliment für die deutschen Begrüssungsworte machte, obwohl sie kaum mehr als einige Sätze kannte.
Wie mit ihr abgesprochen, hatte sie in unserem Sinne vorgesorgt.
Sie machte den Major mit einer ihrer Damen bekannt. Etwas jünger als er, mit fraulich attraktiver Figur, gepflegten schwarzen Haaren, die ihr anmutig auf die Schultern fielen und die ihn – zu seiner Überraschung – auf deutsch ansprach.
Sie fragte ihn, ob es ihm Freude bereiten würde mit ihm allein in einem der Zimmer dieses Hauses, einige Kleinigkeiten nach seinem Wunsche zu geniessen. Dabei könnten sie sich zwanglos unterhalten. Lebensgeschichten interessierten sie ungemein. Sie selbst wäre die Nachkommin einer russischen Familie. Selbstverständlich stände es ihm frei, jederzeit wieder nach Hause aufzubrechen. Dabei strahlte sie ihn mit einem Lächeln an, das selbst mich weich machte und fügte hinzu: „oder Sie bleiben auch ein wenig länger bei mir."
Der Major war so hingerissen, daß er ihr wie ein Lamm folgte, als sie ihm die Hand bot und fortführte. Er vergaß sogar, mir irgendeine Zeitangabe für die Rückfahrt zu machen.

Sie fand erst morgens um 6 Uhr statt.
Für mich ein weiterer Glücksfall in dieser Nacht. Wer der Chefin einen so einen angenehmen Kunden brachte, bekam in ihren Räumen unter dasselbe serviert, was der Kunde oben bestellte. Natürlich stand das dann auf seiner Rechnung.
In jener Kriegszeit waren die Essensrationen karg bemessen.
So wurde der Besuch in diesem eleganten Bordell für mich in zweierlei Hinsicht ein Erfolg.
Unser Major belieferte uns ahnungslos auf zwei weiteren Fahrten mit benötigten Waren und bei jeder Ablieferung erhielt ich das von ihm bestellte Menue. Außerdem durfte ich Reste mitnehmen, die ein willkommenes Zubrot für meine Mitarbeiter waren.
Zu meiner Heiterkeit erfuhr ich bei dem nächsten Besuch von der Chefin, daß sich zwischen dem Major und seiner Dame eine gewisse Zuneigung aufbaute, die allerdings durch die Kriegsereignisse abrupt abbrach..
Bereits am 25.8.44 war Paris wieder in französischer Hand.
Leider geschah danach auch bei uns Franzosen, was so oft nach Kriegen ebenfalls bei Siegern passiert.
Etliche unserer Landsleute ließen ihre Rachegefühle nicht nur bei den Gefangenen, sondern sogar gegenüber Mitbürgern aus. „Zusammenarbeit mit den Deutschen“ benutzten manche als Vorwand, um Konkurrenten oder Bürger loszuwerden, die ihnen ein Dorn im Auge waren.
Die Einnahme des Lagers, die Verhaftung des Majors und der Soldaten durch unsere Truppen erlebte ich mit.
Irgendwie tat mir der rundliche Major leid, der in seiner Gutmütigkeit keinem von uns geschadet hatte. Er fiel mir erst wieder ein, als ich von Bekannten erfuhr, daß manche Gefangene dem Vorwurf gegenüberstanden, gefährliche Nazis gewesen zu sein, obwohl das keineswegs immer stimmte, manchmal auf falschen Aussagen beruhte.
Ich beschloss, für den Major ein gutes Wort einzulegen.

Als Widerstandskämpfer und durch meine Waffenlieferungen besaß ich einen guten Namen bei den jetzigen Herren. Über einen von ihnen bekam ich die Erlaubnis, den Major im Gefangenenlager zu besuchen. Wie ich erfuhr, sollte der Kommandant dieses sehr streng führen. Ein Sohn von ihm war bei den Kämpfen gefallen. Daher brachte er den Deutschen keine freundlichen Gefühle entgegen.
Diese Auskunft hörte sich schlecht an. Unter Umständen könnte ein gutes Wort von mir jungem Mann für den Major das Gegenteil bewirken.
Mir blieb nichts anderes übrig, als den Spieß einfach umzudrehen und den Major als Helfer des Widerstandes darzustellen. In meinen Augen war es zwar eine fromme Lüge, aber zum Nutzen der Menschlichkeit. Nur mußte ich bei meinem Besuch eine Gelegenheit finden, um ihn über die ihm unbekannte Rolle aufzuklären. Ich konnte nur hoffen, daß er klug genug war, die ihm gebotene Chance zu ergreifen.

Der ältere Lagerkommandant, gleichfalls im Majorsrang, empfing mich nicht gerade sehr entgegenkommend. Die mir erteilte Erlaubnis, einen gefangenen Deutschen aufsuchen zu dürfen, ärgerte ihn sichtlich.
Unwirsch erhielt ich eine Sprecherlaubnis für nur 15 Minuten.
Vorsichtshalber hatte ich einige Lebensmittel für den Major im Auto gelassen. Zuerst wollte ich die Situation klären.
Nicht im Traum ahnte ich, welche Enthüllung mir bevorstand.

Als mein Major in das Besuchszimmer geführt wurde, blieb er wie angewurzelt stehen, als er mich erblickte.
„Sie hier?“ sah er mich unruhig an.
Ich reichte ihm die Hand mit den Worten: „nicht als Feind, sondern als Freund.
Ich habe nur kurze Zeit, um Ihnen zu helfen. Bitte unterbrechen Sie mich nicht und hören gut zu.“

Seine Reaktion auf meinen Vorschlag, ein Widerstandskämpfer gewesen zu sein, zeigte mir wieder einmal, wie leicht wir andere Menschen unterschätzen.
Er schüttelte sich so vor Lachen, daß ihm die Tränen kamen. Verblüfft blickte ich ihn an.
„Junger Freund, Ihre Hilfe nehme ich dankbar an und beantworte sie mit einem Geständnis, über das Sie sich im Zusammenhang mit Ihrem heutigen Besuch zuerst wundern, dann amüsieren werden.
Damit Sie verstehen, was ich Ihnen jetzt offenbare, erzähle ich etwas aus meinem Leben.
Glücklicherweise zog man mich für diesen Posten in Paris als Reserveoffizier ein, weil man mich über meine Verbindungen nicht mehr als fronttauglich ansah.
Ich besitze einen Gasthof in Süddeutschland. Viel zu jung starb meine Frau 1939. Verzweifelt wollte ich aus dem täglichen Trott heraus, meldete mich bei der Wehrmacht und landete hier. Eine Cousine betreut unseren Gasthof.
Als Gastwirt geht man mit Menschen jeder Art um und lernt dabei, genau zu beobachten, wer einem gegenübersteht.
Deshalb beobachtete ich auch Sie. Ihre eifrige Zusage, mir ein besonders nettes Haus empfehlen zu können, machte mich bei Ihrem jugendlichen Alter stutzig.
Und nun halten Sie sich an der Stuhllehne fest, lieber, junger Freund. Ich stand mit einem Nachtfernglas am Fenster, als Sie Maschinenpistolen in mein Auto luden.
Sicher wollen Sie jetzt von mir wissen, warum ich den Mund hielt? Durch die vielen Nachrichten, die man in Paris von verschiedenen Seiten erhält, ist mir klar geworden, daß wir diesen Krieg nicht gewinnen werden. Daher ließ ich Sie gewähren und dachte mir dabei; wer weiß, wozu das gut ist.
Es gab jedoch einen wichtigeren Grund, die Augen zuzudrücken. Beim Abhören von englischen Nachrichten erfuhr ich erstmals von deutschen Konzentrationslagern, in denen Tausende angeblich von uns ermordet wurden und noch werden. Diese Berichte erschienen mir so unvorstell-

bar, daß ich sie als Propagandalüge der Engländer abtat, bis ich auf meinem letzten Heimaturlaub durch betroffene und glaubwürdige Bekannte in unserer kleinen Stadt erfuhr, daß diese Horrormeldungen auf Wahrheit beruhen. Von diesem Augenblick an war ich nicht mehr bereit, mich für eine Staatsführung einzusetzen, die Morde sanktioniert.
Noch etwas bemerkten Sie nicht. Im süddeutschen Raum sprechen etliche von uns recht gut Ihre Sprache. Auch in diesem Fall dachte ich mir; muß er das unbedingt wissen?
Mit 14 Jahren wollte ich zum Schrecken meiner Eltern, Schauspieler werden, aber ich durfte nur in der Schule in unserer kleinen Theatergruppe auftreten.
Sie dürfen also ganz beruhigt sein, daß ich die mir von Ihnen zugedachte Rolle im französischen Widerstand glaubhaft spielen werde.
Schließlich ist der Krieg noch nicht vorbei und ich möchte gern lebendig nach Hause kommen.
Sollten Sie einmal in Schwierigkeiten geraten, so nehme ich Sie wie einen Sohn zu Hause auf. Ich habe eine Bitte. Grüssen Sie Jana von mir. Ich melde mich bei ihr, sobald ich eine Möglichkeit sehe."
„Wer ist Jana?"
„Junger Freund, diese reizende Dame, die ich über Ihre Verbindung in dem bewußten Haus kennenlernte."
Dieses Mal fing ich an zu lachen: „Wenn Sie Ihre Rolle beim Kommandanten richtig spielen, dürften Sie die Dame eher wiedersehen als Sie glauben. Verfolgen Sie ernste Absichten?"
„Offenheit gegen Offenheit. Sie paßt zu mir und zu meinem Gasthof. Ich hoffe, sie wird mir als meine Frau nach Hause folgen."

Jäh wurde die Tür des Besuchszimmers aufgerissen.
„Die Besuchszeit ist abgelaufen! Der Kommandant will Sie noch einmal sprechen," erklärte mir ein Soldat, während ein anderer den Major abführte.
Stehend empfing mich der Lagerchef mit barschen Worten. Er wollte wissen, um was es bei diesem deutschen Offizier

ging. Schließlich sei er für das Lager zuständig und verwundert, von seinen Vorgesetzten nicht aufgeklärt worden zu sein.
Kurzum, er war agressiv beleidigt.
Ich mußte ihm auf möglichst elegante Art den Wind aus den Segeln nehmen.
„Herr Major, natürlich bin ich von der Voraussetzung ausgegangen, daß Sie über den Grund meines Besuches unterrichtet wurden. Ich wundere mich darüber genau so wie Sie. Zwar verfüge ich über Verbindungen, aber über keinen Einfluß auf Ihre Vorgesetzten.
Daher kann ich Sie jetzt nur darum bitten, mir etwas Zeit zu opfern, in der ich Ihnen gern die Geschichte des Gefangenen erzähle, den ich besuchte. Danach werden Sie ihn anders beurteilen.

Mit wachsender Spannung hörte er sich meinen Bericht an.
Ich beendete ihn bewusst mit einem launigen Wortspiel.
„So entstand folgende Situation; wir wußten, was der Major für uns tat, aber wir durften nicht wissen, was er für uns tat, damit seine Leute nicht wußten, was er für uns tat."
Der französische Sinn für Humor siegte beim Kommandanten. Er fing an zu lachen: „Dann will ich gleich den Kameraden von der Gegenseite herkommen lassen, um ihn kennenzulernen.
Eigentlich müßte dieser Mann frei herumlaufen dürfen, aber der Krieg ist noch nicht vorbei und meine Bestimmungen lassen das nicht zu. Was kann ich mit ihm machen?"
„Vielleicht kann er Ihnen im Büro, als eine Art Adjutant, oder als Fahrer nützlich sein. Was Sie ihm an Freiheiten gestatten, liegt doch in Ihrer Hand.
„Mir wird schon was Geeignetes einfallen. Auf jeden Fall besorge ich ihm ein Einzelzimmer hier im Komplex."
Plötzlich fiel mir Jana ein. Da sich anbahnende Liebesverhältnisse für Franzosen immer ein interessantes Thema sind, nutzte ich die lockere Stimmung meines Gegenübers aus, die Geschichte von Jana und dem deutschen Major zu erwähnen.

„Hélas!“ rieb er sich vergnügt die Hände und spielte nun intelligent mein Wortspiel aus: „Wenn mir Ihr Deutscher gefällt, dann tue ich etwas, von dem er nicht weiß, daß ich es tue, damit das, was ich tue, getan werden kann.“

Kurz darauf standen sich die beiden gegenüber und musterten sich gegenseitig. Der Franzose begrüßte ihn ausgesprochen höflich mit dem Hinweis, erst jetzt erfahren zu haben, welche Rolle er als Deutscher im französischen Widerstand spielte:
„Sie bewiesen den Mut, sich unter Lebensgefahr für unsere Befreiung einzusetzen. Daher sind Sie mir willkommen und stehen nun unter meinem Schutz.“
Die Antwort des Deutschen war in ihrer Offenheit umwerfend komisch und begründete eine Freundschaft zwischen den beiden Offizieren.
„Ach, wissen Sie, Kamerad, so schrecklich viel Mut gehörte gar nicht dazu. Es wurde ja nicht geschossen. Ich mußte nur die Augen zudrücken.“
„Stellen Sie Ihr Licht nicht unter den Scheffel. Ihre eigenen Leute konnten Sie verraten.“
„Stimmt, nur suchte ich mir die eigenen Leute selber aus.“
Diese Antwort verscheuchte die letzte Reserviertheit. Der Bann war gebrochen. Es folgten denkwürdige gemeinsame Stunden mit vielen Überraschungen.

Es begann mit einer Flasche Champagner, zu der uns der Kommandant einlud. Als er die Zweite öffnete bemerkte er dabei, eigentlich Hunger zu verspüren. Leider wäre die Küche schon geschlossen. Aber auch das hätte seinen Appetit nicht gereizt, weil der Lagerkoch die kärgliche Gefangenenkost zubereitete und von guter französischer Küche wenig verstünde. Natürlich bekäme er für sich und seine anderen Chargen etwas Besseres, aber ohne Geschmack.
„Ziemlich traurige Lage für einen Offizier der Siegernation,“ meinte der deutsche Major mit einem spitzbübischen Lächeln. „Vielleicht kann ich uns allen helfen, wenn Sie

mich in die Küche führen. Als Gastwirt bin ich auch zum Koch ausgebildet worden. Wenn wir dort irgendwelche Vorräte finden, mache ich uns ein Nachtmahl."
„Wenn Sie das schaffen," erhob sich der Franzose, „dann dürfen Sie mich zukünftig Pierre nennen. Wie ist Ihr Vorname?
„Kurt."
Anschließend marschierten wir alle in die Küche.

Der erste Überblick über die vorhandenen Vorräte war enttäuschend. „Hmh," brummelte Kurt vor sich hin, während er dabei war, alle Schränke und Schubladen zu öffnen. „Kein Wunder, daß wir Gefangenen langsam vom Fleisch fallen. Aha, wer sucht, der findet," legte er ein Toastbrot und Butter auf den Zubereitungstisch.
„Wir wollen doch keinen Sandwich als Mahl," kommentierte Pierre diesen Fund enttäuscht.
Ohne etwas zu entgegnen, hatte der Deutsche eine Kleiderablage geöffnet und in einer Tüte ein Plastikgefäß gefunden, das er neugierig öffnete. „Halloh!" rief er entzückt. „Chester-Käse. Welsh Rarebits als Nachspeise sind gesichert."
„Der verdammte Koch!" erboste sich der Kommandant, „diesen Käse schenkte mir vor kurzem ein amerikanischer Kollege. Ich gab ihn dem Koch zur Aufbewahrung als Zusatzverpflegung für mich. Vorgestern erklärte er mir, den Käse als Verfeinerung beim Kochen aufgebraucht zu haben."
„Alte Erfahrung, Pierre. Nirgendwo wird in schlechten und in guten Zeiten mehr beiseite geschafft als in Küchen. Wenn man da nicht aufpaßt, gilt das ebenfalls für den Einkauf.
Nun fehlt uns irgendein Fleisch".
Der Franzose führte uns in einen Kühlraum, der leer war. Diesen Zustand erklärte er mit der Tatsache, daß bei der allgemeinen Knappheit die Rationen täglich angeliefert würden. Vorräte ließen sich damit nicht anlegen.
Inzwischen fanden wir einen halben Sack Kartoffeln.

Auf einem Bord entdeckte Kurt unser Küchentüchern verdeckt zwei Plastikdosen mit Kalb- und Schweinestücken, daneben einen Eierkarton.
Nach diesem Fund verkündete er strahlend, es gäbe Königsberger Klopse. „Nie gehört, läßt sich verdammt schwer aussprechen“ sagte Pierre.
„Aber gut essen,“ erwiderte Kurt.
Jetzt fragte der Kommandant, wie lange die Zubereitung dauern würde. Als er hörte, etwa eine Stunde, nickte er befriedigt und ließ uns wissen, noch etwas Dringendes erledigen zu müssen.

Während er unterwegs war, half ich dem deutschen Freund bei der Zubereitung des Essens.
Nach einer Stunde deckten wir den Tisch im Zimmer des Kommandanten und warteten etwas unruhig auf sein Kommen.
Er erschien rechtzeitig und bat eine Dame, vor ihm einzutreten.
Sowohl Kurt wie ich blickten sie fassungslos an. Mit derselben Fassungslosigkeit sah sie erst mich, dann Kurt an.
Es war Jana.
Sie ging einen Schritt auf ihn zu und flüsterte: „Du hast überlebt?“
Bevor Kurt etwas antworten konnte, übernahm Pierre das Gespräch: „Madame, von diesem Mann, den Sie auf freundliche Weise kennenlernten, haben Sie nie gewußt, daß er den französischen Widerstand unterstützte und deshalb überlebte.“
Diese Neuigkeit löste nicht nur ein befreiendes Lachen bei Jana aus, sondern gleichzeitig eine Bemerkung von ihr, die zur Heiterkeit der einfallenden Nacht beitrug.
„Du, Kurt, ein Widerstandskämpfer? Und bei mir bist Du wie ein ahnungsloser Jüngling im Umgang mit Frauen aufgetreten, harmlos wie ein Säugling, der Muttermilch haben will. Bisher bildete ich mir ein, Männer beurteilen zu können, aber Du bist eine Fehldiagnose, ein Schlitzohr, auf das ich hereinfiel.“

Es war nicht zu überhören, daß ihre Feststellungen keine Abwehr enthielten.
„Es gibt zwei weitere Dinge, die Sie nicht wissen. Das heutige Nachtmahl hat Kurt gekocht, der Sie dazu einlud, weil er Sie wiedersehen wollte. Das andere ergibt sich vielleicht später."
„Kochen kannst Du auch noch?" schüttelt Jana verwirrt ihren Kopf.
Weitere Kommentare von ihr unterbrach Pierre mit der Aufforderung, das erste Glas Wein auf das Gelingen des Abends zu trinken.
Bei dem gelungenen Essen erfuhr sie die Geschichte des Waffenschmuggels.
„Nachdem ich hier feststelle, daß Du als Gefangener der „Grande Nation" an dem gedeckten Tisch des Kommandanten sitzt, ist Schlitzohr eine krasse Untertreibung."
„Das mit dem Gefangenen müssen Sie etwas differenzierter sehen, Madame.
Bis zum Kriegsende ist er es und andererseits ist er es auch nicht. Ich kann ihn zwar noch nicht heimsenden, aber ich brauche ihn als Berater für alles, was mit den Gefangenen zusammenhängt und als Fahrer. Dafür lasse ich mir von meiner vorgesetzten Dienststelle die notwendigen Papiere ausstellen, damit er sich in Paris frei bewegen kann."
„Was soll ich allein in Paris?"
„Weil ich noch eine Idee habe," grinste Pierre und sprach Jana an:
„Sie haben doch sicher gute Kunden in Ihrem Haus, die mit dem Schwarzmarkt in Verbindung stehen?"
„Herr Major!" rief sie entrüstet.
„Ich weiß, daß Sie jede Verbindung zu solchen Kreisen ablehnen müssen, aber ich weiß über meine Leute, daß solche bestehen. Bei meiner Idee geht es um etwas anderes. Kurt hat gesehen, daß wir kaum Vorräte haben und sich bei Auslieferungen in erster Linie die Köche selber bedienen.
Sie werden verstehen, daß ich als Franzose in diesen schwierigen Zeiten wenigstens vernünftiges Essen bekom-

men möchte. Bei diesem Gedanken fiel mir eine Lösung ein. Würden Sie bereit sein, verehrte Madame Jana, mit Kurt zusammen für unsere Nahrung zu sorgen?"
„Vergessen Sie das, Herr Major. Erstens sind die Leute mißtrauisch, zweitens nicht an Geld interessiert. Wer Ihnen nichts bieten kann, hat keine Chance."
„Ist richtig, aber auch darüber dachte ich nach. Wir haben etwas zu bieten."
„Und was, bitte?"
„Sie für die Verbindungen, Kurt mit dem Auto."
„Das begreife ich noch nicht."
„Die Herren Schwarzmarkthändler müssen bei den Transporten ihrer Waren nicht nur unglaublich vorsichtig vor Kontrollen sein, sondern auch vor Konkurrenten, die sie verpfeifen. Kurt wird mit dem offiziellen Wagen meiner Kommandantur von denen Waren transportieren, die uns dafür Waren für unseren Gebrauch liefern. Wir wollen keinen Schwarzmarkthandel aufziehen."
„Sie haben es ebenfalls faustdick hinter den Ohren," lächelte ihn Jana bewundernd an, der sich bei ihr mit einem Handkuss bedankte.
„Ich denke nur manchmal darüber nach, wie man sich das Leben angenehmer gestalten kann. Sobald der erste Braten vor uns liegt, feiern wir Verlobung."
„Hast Du vor zu heiraten, Pierre?"
„Ich doch nicht! DU! Wäre es nicht die richtige Gelegenheit für Dich, jetzt Deinen Mund aufzumachen?"
Kurt fing an zu stottern: „Du weißt, Jana, ich meine, was ich Dir mal, oder wie gesagt, weißt Du es nicht mehr?"
„Soll das bedeuten, Du willst mich tatsächlich heiraten?"
„Sozusagen, ja."
„Was heißt, sozusagen?"
„Weil ich sozusagen nicht weiß, ob Du „ja" sagen wirst.
„Könnten Sie mir einen Cognac einschenken, Herr Major?"
„Gern, Madame. Warum?"
„Weil ich für meine Antwort eine gewisse Stärkung brauche.

Ich lernte in meinem Leben einige Herren mit ihren nächtlichen Versprechungen kennen, die im Tageswind verwehten. Sie haben mir weitere Vorzüge dieses erstaunlich liebenswürdigen Mannes aufgezeigt, der wirklich einhält, was er mir als Waffenschmuggler ins Ohr flüsterte.
Damit muß ich erst einmal klar kommen. Schließlich wußte er, daß ich eine Hostess bin.
Daher gebe ich hier vor Zeugen ein Versprechen ab. Er soll mein „ja“ nie bereuen.“
„Ich werd’ verrückt!“ sprang Kurt auf.
„Bitte nicht, Du bist schon so verrückt genug,“ umarmte ihn Jana.

Anschließend wurde einmal die Nahrungssuche, die Verlobung und die spätere Heirat nach Kriegsende mit Pierre und mir als Gäste in dem süddeutschen Gasthof von Kurt beschlossen.
Mit einem Glas Champagner prosteten wir dem werdenden Paar zu.
Er hätte noch zwei Sachen zu klären, erwähnte der Kommandant dabei:
„Nachdem wir so glücklich zusammengefunden haben, würde ich mich freuen, wenn Du mich Pierre nennst und ich Dich Jana nennen darf.“
Mit einer herzlichen Umarmung wurde dieser Punkt besiegelt.
„Noch eine letzte Frage, bevor wir zum gemütlichen Plaudern übergehen. Du kennst doch sicher einige dieser Kunden, die wir für unsere Zwecke brauchen. Mußt Du deswegen in dem Haus bleiben, wo Du jetzt bist, Jana?“
„Nicht unbedingt.“
„Großartig! Dann kannst Du ab heute Nacht bei Kurt einziehen, oder nicht?“
„Kein Wunder, Pierre, daß wir mit Deinen Sturmangriffen den Krieg mitgewinnen. Ich kann.“
„Ich brauche Dich auch in der Küche.“ ergänzte Kurt diesen Vorschlag.

„Du bist und bleibst ein Schlitzohr. Auf was habe ich mich da nur eingelassen!"
„Du wirst die von mir geliebte Chefin meines Hauses. Dein mir gegebenes Versprechen ergänze ich durch meines."
„Cést la vie," schloß Pierre dieses Gespräch lachend ab.

Ilsabe

„Wie ist es möglich, daß Sie mir die Geschichte meines Vaters so ausführlich erzählen können, Schwester Ursula?"
„Weil ich immer ein Tagebuch führte und fast wörtlich eintrug, was ich erfuhr.
Als ich wußte, daß Du über ihn Bescheid wissen wolltest, Roland, las ich es gestern Nacht Wort für Wort durch."
„Nun weiß ich nur noch nicht, wie es zu Vaters Heirat mit Mutter kam, die er hier im Kloster kennenlernte."
„ Ilsabe war 14 Jahre alt. Da fiel ihr in unserer Bibliothek ein altes Kochbuch in die Hände, das sie aufmerksam studierte.
Danach erschien sie immer öfters in der Küche und sah längere Zeit Schwester Ines bei der Zubereitung unseres Essens zu..
Ich muß dazu bemerken, Deine Mutter fügte sich zwar den Klosterregeln, aber besaß ihren eigenen Kopf. Mit ihrem Charme setzte sie Dinge durch, die hier bisher nicht üblich waren.
So auch in der Küche. Eines Tages erwähnte sie gegenüber Schwester Ines: „Du solltest das Fleisch mit Gewürzen etwas schmackhafter machen, auch beim Salat mehr Kräuter und Olivenöl gebrauchen. Mit einem Schuss Weiswein wird die Sauce viel besser."
„Bist Du verrückt, Mädchen! Ich werde mich hüten, mir mit der Äbtissin Ärger einzuhandeln. Es bleibt dabei, wie ich immer gekocht habe."
„Kann ich verstehen, Schwester Ines, aber Sie brauchen für die Verfeinerung nur die Ratschläge dieses alten Koch-

buches. Wenn es schief gehen sollte, können Sie damit der Äbtissin Ihren Versuch erklären. Es wird aber nicht schief laufen und alle werden Sie belobigen, denn ich halte den Mund."
Bereits zwei Tage später erschien die Äbtissin begeistert in der Küche und wollte von Ines wissen, wieso das Essen auf einmal so schmackhaft geworden wäre. Deine Mutter sah, daß Schwester Ines nicht wusste, was sie antworten sollte und sprang ihr mit den Worten bei: „Schwester Ines hat die Rezepte in einem alten Kochbuch gefunden und ausprobiert."
„Das ist Ihnen wahrhaftig gelungen," belobigte die Äbtissin Schwester Ines.
Nach ihrem Fortgang umarmte Ines Deine Mutter: „Am liebsten hätte ich Dich mit deinen Erneuerungsvorschlägen aus der Küche herausgeworfen. Nun hoffe ich, daß Du mir weiterhin hilfst."

Ein Jahr später erklärte Deine Mutter der Äbtissin, eine Hotelfachschule in Paris besuchen zu wollen. Es wäre ihr Wunsch, einmal ein kleines, gutes Restaurant zu besitzen. Dieses Ziel konnte man ihr nicht abschlagen, denn von dem Erlös der Schmuckstücke war genug Geld vorhanden, alles zu finanzieren.
Nach zwei Jahren bestand sie die Ausbildung als Beste des Kurses und hatte das Glück, einen älteren Restaurantbesitzer zu finden, der sie anstellte. Bereits krank, ließ er ihr freie Hand, das kleine Restaurant zu führen, wie sie sich das vorstellte.
Durch die von ihr geführte Küche nahm es einen unerwarteten Aufschwung. Nach einem Jahr war es bereits ein Geheimtipp. Wer dort einkehren wollte, mußte vorbestellen.
Während dieser Zeit besuchte mich Dein Vater eines Tages und wollte wissen, wo seine kleine Ilsabe geblieben wäre. Er erhielt von mir die Adresse des Restaurants.
Wie mir Dein Vater nach der Heirat berichtete, wußte er bereits nach seinem ersten Besuch im Restaurant, daß er Ilsabe heiraten wollte.

Er war klug genug, sie nicht zu bedrängen, weil ihm klar war, daß sie dieses Restaurant als ihre Lebensaufgabe sah. Inzwischen war der Besitzer gestorben und sie hatte es übernommen.
Ein Jahr lang kehrte er bei ihr ein, wenn er in Paris zu tun hatte.
Dann erklärte er ihr, sie heiraten zu wollen. Sie gab ihm das Jawort unter der Bedingung, ihr Restaurant weiterführen zu können. Das akzeptierte Dein Vater, weil auch er ständig unterwegs war.
Wieder ein Jahr später wurde Deine Schwester Mariella geboren und ein Jahr darauf Du.
Deine Mutter war eine wirkliche Mutter. Mit euch beiden Kindern begriff sie, für Euch da sein zu müssen und verkaufte das Restaurant. Wie Du weißt, Roland, habt Ihr eine Mutter gehabt, die sich immer um Euch kümmerte..
Ich bin eine alte Frau, aber ich ahne manchmal Dinge, die Jüngere nicht spüren.
Nachdem ich heute morgen Deinen Vater sah, mache ich mir Sorgen um ihn.
Deine Mutter und er haben sich so geliebt, daß nach ihrem Tod etwas in ihm zerbrochen ist.
Du bist bereits in seiner Firma. Pass' auf ihn auf!"

Roland erzählt weiter: Der neue Partner

Ich versuchte auf meinen Vater aufzupassen. Es ist mir nicht gelungen. Von Monat zu Monat wurde er stiller, fast depressiv.
An einem Sonnabend erklärte er mir im Büro, einen neuen Partner aufnehmen zu müssen.
Damals war ich zuständig für die Auslieferung bestellter Waffen und hielt den Kontakt zu einigen Kunden aufrecht.
In jener Zeit nach dem Kriege vorwiegend Schützen- und Jagdvereine, oder Sammler von Waffen, die eine Genehmigung für den Besitz hatten.

An seine Buchhaltung hatte er mich noch nicht herangelassen.
Zu meinem Erstaunen erfuhr ich, unsere Firma brauchte zusätzliches Kapital, um sich im Markt halten zu können. Ich wäre noch nicht erfahren genug, mit neuen Ideen neue Weichen stellen zu können:
„Du wirst den Partner morgen kennenlernen. Ich lud ihn mit Mariella und Dir zum Mittagessen ein, damit er sich ein Bild von unserer Familie und Ihr Euch von ihm machen könnt."
Dieses Treffen haftet in meiner Erinnerung als das schreckliche Ereignis, mit dem das kommende Unheil begann.

Sein selbstbewusstes Eintreten in den Raum war dergestalt, als ob er bereits der Herr unserer Firma sei. Mein schneller Seitenblick auf Mariella zeigte mir, daß sie so erschrocken wie ich war.
Er stellte sich als Claude Pastot vor.
Von hagerer Gestalt, schwarzen Haaren mit einem Mittelscheitel, waren es drei Dinge, die uns Furcht einflößten. Am schlimmsten traf uns der Blick seiner stechenden Augen, mit denen er uns kalt musterte. Seine Habichtsnase vermittelte uns unwillkürlich das Gefühl, einem Raubvogel gegenüberzustehen. Wir ahnten noch nicht, wie sehr sich dieser Eindruck als richtig erweisen sollte. Schmale Lippen vervollständigten das Aussehen von Härte, die sein gestutzter schwarzer Oberlippenbart nicht milderte. Seine Kleidung war übertrieben elegant.
Meine innere Abwehr verstärkte sich als er Mariella während des Essens besitzergreifend musterte und dann anfing, ihr Komplimente zu machen.
Meinen Vater und mich ließ er dabei links liegen.
Mariella schwieg versteinert.
Das reizte ihn so, daß er ihr unverholen erklärte, sie sei die Frau, die er immer gesucht hätte.
Es gipfelte beim Mocca mit der Bemerkung: „Verehrte Mariella, ich kann Ihnen ein Leben in Sicherheit und ohne Sorgen bieten und Sie zur Herrin meines großen Landgutes machen."

Und dann kam es fast wie ein Befehl aus ihm heraus: „In zwei Wochen möchte ich mich mit Ihnen näher darüber unterhalten."
Es schien ihn keineswegs zu stören, daß Vater und wir Kinder dieses schweigend zur Kenntnis nahmen.
Bei seiner Verabschiedung hatte sein Blick etwas Boshaftes.

Auf dem Rückweg entfuhr Mariella die Bemerkung: „Was für ein widerlicher Kerl!"
„Ich brauche ihn," erwiderte Vater bedrückt.
„Ich brauche ihn nicht!" stellte meine Schwester mit fester Stimme fest.
Damit sagte sie klar, daß dieser Claude Pastot keine Chance bei ihr hatte.
Mein Vater sah sie mit traurigen Augen an, aber er sagte nichts.

Wieder zu Hause, rief er mich in sein Büro.
„Was ich Dir jetzt sage, wird Dich überraschen, Roland. In meinem abwechslungsreichen Leben habe ich ein Gespür für gefährliche Situationen bekommen. In so einer steckt heute unsere Familie. Ich kann nur versuchen, für Jeden das Beste daraus zu machen und will daher schon jetzt Dich und Mariella etwas vor der Zukunft beschützen.
Wo möchtest Du in Paris wohnen?"
Verblüfft blickte ich ihn an: „Steht es so schlimm, daß wir unser Haus aufgeben müssen?"
„Noch nicht, aber es kann so kommen. Also, wo willst Du wohnen?"
„In der Nähe Montmartre."
Nun erklärte Vater, mit dem Geld, das meine Mutter verdient und selbständig verwaltete, mir nicht nur eine Wohnung zu kaufen, sondern auch noch ein Bankkonto anzulegen, mit dem ich im schlimmsten Falle einige Zeit leben könnte. Mariella würde Geld in gleicher Höhe erhalten:
„Und das machen wir mit Marielle übermorgen."
So kam ich zu einer kleinen Wohnung und einem Bankkonto und Mariella erhielt den ihr zustehenden Anteil.

Das Unheil beginnt

Eine Woche später kam Claude Pastot ins Büro, um mit uns seine Beteiligung an der Firma zu besprechen. Mich nahm er bei diesem Gespräch kaum wahr. Da unterschätzte er mich jedoch.. In der Ahnung, daß er sozusagen Vater erpressen würde, installierte ich ohne ihr Wissen eine Wanze. Noch ahnungslos, wie bedeutsam dieses einmal werden sollte.
Fast beleidigend stellte Pastot gönnerhaft fest, daß die Firma zwar einen guten Namen und Verbindungen besessen hätte, die in der jetzigen Zeit ohne Impulse kaum etwas wert wären. Nach den von ihm geprüften Bilanzen müsste sie daher bald schließen, aber mit ihm, – hob er einen Zeigefinger bedeutungsvoll hoch, – gäbe es neuen Einsatz, neues Spiel.
Ob er Vorschläge dazu machen könnte, wollte mein Vater wissen.
„Kann ich, mein Guter, sonst wäre ich nicht hier," kam es herablassend heraus. Er wolle sich über seine Hauptfirma mit 50% beteiligen, weil ihn einige von Vaters Verbindungen interessierten.
Zu unserer Überraschung forderte er allerdings für sein Geld eine zusätzliche Absicherung.
Vater sah ihn fassungslos an: „Glauben Sie, daß Ihre Forderung einer guten Zusammenarbeit förderlich ist?" fragte er leise. „Sie besitzen mit Ihrem Einsatz bereits die Hälfte der Firma. Was wollen Sie noch mehr?"
„Als Kaufmann in den heutigen Zeiten sichert man sich klugerweise doppelt ab. Ich denke daran, daß Sie mich in der Höhe meiner Beteiligung mit Ihrem Haus absichern. Das ist doch ein verständlicher Vorschlag, der Ihnen nicht weh tut."
Nach einem längeren Schweigen stimmte Vater zu.
Am liebsten hätte ich ihm zugerufen, diesen Ausverkauf zu verhindern, doch ich durfte bei diesem Deal meine Meinung nicht äußern. Von diesem Augenblick an war mir klar, alles registrieren zu müssen, was dieser Mann tat.
Plötzlich sah Pastot meinen Vater mit einem süffisanten Lächeln an:

„Ich bedanke mich für Ihre Zusage. Es gibt jedoch noch eine andere Lösung. Sie bemerkten sicher, daß ich Ihre Tochter Mariella heiraten möchte. Mit Ihrem Jawort würde ich Sie von allen Sorgen befreien.
Als Familienangehöriger könnte ich Sie alle notariell absichern und Sie, wandte er sich an mich, als Direktor in meinen Firmen mit einem anständigen Gehalt plus Beteiligung übernehmen."
Ich merkte, daß Vater nach Worten rang und schließlich fragte, warum er seine Schwester heiraten wollte.
„Abgesehen davon, daß Mariella eine attraktive Frau ist, erfuhr ich durch meine Quellen, sie sei tüchtig, selbstbewusst. Als Repräsentantin meiner Firmen genau die richtige Partnerin."
Der nächste Satz verschlug uns die Sprache.
„Ihre Tochter scheint zu wissen, was sie will. Von ihr kann man nicht sagen; sie ist nur ein Blümchen, das nicht riecht, nicht stinkt. So etwas brauche ich. Ihr „Ja" würde unsere Zusammenarbeit problemlos machen und sie rettet damit Ihre Firma. Wie denken Sie darüber?
Schließlich haben Sie als Vater doch einen Einfluß auf die Entscheidungen Ihrer Tochter."
Mein Vater zuckte zusammen. Dann stand er ruhig auf, ging ans Fenster, sah kurz schweigend hinaus, bevor er Claude seine Antwort mit leichtem Spott gab: „Sicher kannten Sie selbst, oder hörten durch Ihre Quellen von dem Erfolg des Restaurants, das meine Frau besaß. Es störte nie unsere glückliche Ehe. Stets bewunderte ich ihr Selbstbewusstsein. Und dieses brachte sie auch Mariella und Roland bei. Das bedeutet, meine Kinder treffen ihre Entscheidungen selbständig. Ich kann sie nur beraten."
„Dann tun Sie das entsprechend!" kam es kühl zurück. Ein Ergebnis in der nächsten Woche wäre mir lieb."
Damit endete diese Verhandlung.

Nach dem Fortgang von Claude Pastot kam der nächste Schock.

„Ich fühle mich nicht wohl, Junge und lege mich ins Bett," verschwand mein Vater in seinem Zimmer.
Da wußte ich, was meine Aufgabe war, um ihn und Mariella zu schützen. Meine Schwester hatte ein Zimmer in der Pariser Kinderklinik. Glücklicherweise konnte ich sie noch an demselben Abend besuchen.
In ihrem Zimmer stellte sie mir einen jungen Mann vor. Etwas älter als sie war er mir auf Anhieb sympathisch.
„Das ist Hellmut. Ein Kinderarzt. Er hat hier sein Studium beendet und wir wollen eine gemeinsame Praxis aufbauen. Ich liebe ihn. Wir wollen heiraten."
Von ihm erfuhr ich, daß er Deutscher war und aus Oldenburg stammte. Dort wollten sie zuerst ihr Glück versuchen.
Schockiert hörten sich nun beide meinen Bericht an.
„Das bedeutet, wir haben nur wenige Tage Zeit, um Vater wegen meiner Weigerung vor einer Konfrontation mit diesem Kerl zu bewahren," überlegte Mariealla nüchtern, „aber wie?"
Hellmut gab uns die Antwort: „Wir schreiben einen Brief an Deinen Vater, den er seinem Partner zeigen kann."
Gemeinsam entwarfen wir den Text.
„Lieber Vater,
bei meiner Arbeit hatte ich das Glück, einen deutschen Kinderarzt kennenzulernen mit dem ich mich so gut verstehe, daß wir heiraten und eine gemeinsame Praxis aufbauen wollen. Wo, wissen wir noch nicht. Sei bitte nicht verletzt, daß ich mich nicht mehr von Dir verabschieden kann, da wir bereits morgen die Stadt verlassen.
Selbstverständlich besuche ich Dich, sobald wir einen Ort gefunden haben, wo wir uns niederlassen können. Dann sollst Du auch meinen Mann kennenlernen.
Deine Dich liebende Tochter"
Natürlich wollte sich Mariella von ihrem Vater verabschieden. Um keinesfalls auf Pastot zu treffen, machten wir dafür den nächsten Abend aus.
Für Vater wurde es ein trauriger Abschied, der für ihn nur dadurch erträglicher wurde, weil auch ihm Hellmut sicht-

lich gefiel, den beiden wünschte er mit einer Umarmung alles Glück für die Zukunft.
„Es ist besser so, Vater. Es bewahrt Dich vor einer unangenehmen Erklärung. Diesem Pastot traue ich sogar zu, daß er sich irgendwie rächen könnte. Hoffentlich schützt Dich unser Verschwinden davor." Keiner von uns ahnte, daß er tatsächlich an Rache dachte. Durch den Hinweis in dem Brief „deutscher Kinderarzt" konnte er eines Tages die beiden aufspüren.

Der Habicht schlägt zu

Wie er es vorher angekündigt hatte, erschien Claude Pastot eine Woche später.
Bevor er über geschäftliche Belange sprach, fragte er, wo Mariella sei. Schließlich wäre er heute hierher gekommen, um ihre Antwort zu erfahren.
Schweigend überreichte ihm Vater ihren Brief.
Seinen stechenden Augen sah ich an, daß er mühsam seine Wut bezwang: „Und Sie haben Ihre Tochter nicht rechtzei tig zurückhalten können?"
„Lieber Claude," erwiderte ihm Vater ruhig, „dieser ungeahnten Entwicklung stehe ich genauso ratlos gegenüber wie Sie."
Scheinbar beruhigten seinen Partner diese Worte etwas, weil er dagegen nichts einwenden konnte.
Sein nächster Satz war nicht dazu angetan, mich zu beruhigen.
„Ihre Tochter wird ihren übereilten Schritt einmal bereuen."
Für mich klang das wie eine Drohung.
Mein Vater schien diese nicht zu spüren, denn er sagte nur: „Ich hoffe nicht."
Anschließend erklärte uns Pastot, damit könnte die geplante familiäre Zusammenarbeit bedauerlicherweise nicht stattfinden.

Was jetzt folgte, war mehr die Erteilung eines Befehles als ein Vorschlag zu einer guten Zusammenarbeit.
Er bestand nun auf die doppelte Absicherung durch unser Haus. Sobald diese erfolgt sei, würde er sein Geld einschießen und uns seine Pläne für den Aufbau des Geschäftes unterbreiten:
„Aber erst, wenn Sie mir die beglaubigte schriftliche Bestätigung Ihrer Eintragung vorweisen. Danach können wir alles andere regeln,"
stand er abrupt auf und verabschiedete sich.
Als ich meinen Vater schwer atmen hörte und sein gerötetes Gesicht sah, hätte ich diesen Mann zu gern an der Haustür mit einem Handkantenschlag zu Boden gehen lassen. Es hätte uns den ganzen späteren Kummer erspart.

Es dauerte zwei Wochen bis zur nächsten Geschäftsbesprechung.
Inzwischen hatte Pastot den Sicherungsschein erhalten und er seinen Anteil eingezahlt.
Harmlos begann, was kurz darauf tragisch enden sollte.
Claude schlug meinem Vater vor, so wie bisher seine Kunden mit meiner Unterstützung zu bearbeiten. Allerdings würde er mich bei seinen Verbindungen mehr als mein Vater gebrauchen, denn er sei selbstverständlich nicht mit leeren Händen gekommen.
Seine Hauptfirma würde uns bei bereits vorliegenden Abschlüssen beteiligen, die in ihrem Ausmaß unsere Firma sehr schnell wieder in Schwung bringen würden.
„Was sind das für Geschäfte, die Sie erhielten? Schließlich kenne ich den Markt," erkundigte sich Vater.
„In diesen unruhigen Zeiten ist überall in der Welt etwas los. Daher gibt es genügend Organisationen und Gruppen, die Waffen gebrauchen. Wenn wir sie nicht liefern, gibt es genügend andere, die das ebenfalls können. Die Frage ist nur, wer den günstigsten Preis bietet. Bei Ihren guten Kontakten zu Waffenherstellern und Behörden haben wir beste Chancen, die Wünsche unserer Kunden zu befriedigen."
„Was sind das für Kunden?"

„Lieber Freund, das liegt doch auf der Hand. Lesen Sie keine Zeitungen, oder hören keine Nachrichten? IRA, ETA, Araber, Afrikaner, Indonesier, jedwede Widerstandsgruppen.“
Erregt sprang mein Vater auf: „Meine Genehmigung bekommen Sie in keinem Falle, wo es sich um Terroristen handelt, wie bei den von Ihnen genannten Leuten!“
„Dann sind Sie morgen pleite,“ kam die eiskalte Antwort, „und so töricht können Sie nicht sein. Wir leben in einer Welt, die weder Sie noch ich ändern, in der wir überleben und unsere Möglichkeiten nicht anderen überlassen wollen. Denken Sie heute Nacht in aller Ruhe darüber nach. Lassen Sie mich morgen wissen, ob Sie bei Ihrer Ablehnung bleiben.“
Nach diesen Worten verließ er uns. Ich brachte ihn an die Tür.
„Junger Mann,“ hielt er mich dort auf, „gebrauchen Sie die Chance Ihres Lebens. Stimmen Sie Ihren Vater um. Wer heutzutage an moralischen Grundsätzen festhält, den tötet die Bombe unserer Zeit. Siegen tut ohnehin immer nur der Stärkere und seit Jahrtausenden haben sie immer die Waffen, die sie brauchen. Warum sollen wir nicht den Unterdrückten helfen?“
Dieses perfide Argument für Terroristen zu gebrauchen, war mir zu viel.
Laut warf ich die Tür hinter mir zu und kehrte zu meinem Vater zurück.
Die Angst kroch in mir hoch, als ich ihn leblos hingesunken in seinem Stuhl sah.
Panisch erschrocken rief ich den Notdienst in der Hoffnung an, sie könnten Vater noch retten. Er kam sehr schnell, aber meine Hoffnung erfüllte sich nicht.
Der Arzt stellte Tod durch Herzversagen fest.
Seit dieser Feststellung betrachtete ich Claude Pastot als Mörder meines Vaters, aber er war nicht nur das, wie sich dies nach der Beerdigung ergab.
Er erschien schon einen Tag nach der Trauerfeier in unserem Büro.

Allein diese Taktlosigkeit brachte mich auf.
Sein Gespräch fing mit den Worten an, daß er Nägel mit Köpfen machen müsste. Unsere Firma sei bankrott. Daher würde er sein Geld herausziehen. Nach seiner Feststellung läge auf unserem Konto nur noch ein kleiner Betrag. Folglich beanspruche er nunmehr seinen Zugriff auf unser Haus, welches er verkaufen müsste, um an sein Geld heranzukommen.
„Wollen Sie damit sagen, daß wir ohne Mittel dastehen?"
„Ich bedauere das, aber so ist Ihre Lage. Da ich allerdings mitbekommen habe, daß Sie tüchtig sind, biete ich Ihnen einen Job in meiner Firma an, in der Sie eine Aufstiegsmöglichkeit haben."
Mir sträubten sich die Haare bei seinem Vorschlag.
„Ich suche mir eine andere Betätigung," wehrte ich kühl ab.
„Ach,", fragte er hinterlistig nach, „wie wollen Sie ohne Geld überleben?"
„Das überlassen Sie mir."
„Dann haben wir uns nichts mehr zu sagen."
An der Haustür blieb er stehen und sah mich mit seinem stechenden Blick an:
„Sie und Ihre törichte Familie werden noch an mich denken."
Diese unverhohlene Drohung zusammen mit der Tatsache durch ihn unser Haus soeben verloren zu haben und ich nicht mehr auf meinen Vater Rücksicht nehmen musste, brachte mein bisher unterdrücktes Temperament zum Durchbruch.
Mit einem gezielten Fußtritt zwischen seine Augenbrauen brachte ich ihn zu Fall. Ruhig wartete ich neben ihm, bis er wieder zu Bewußtsein kam und sich ächzend erhob.
„Das werden Sie mir büßen!" stieß er hervor.
„Sie sprachen von dem Sieg der Stärkeren in dieser Welt. Manchmal unterschätzt man Menschen, die unscheinbar stärker sind als die Starken.
Daran sollten Sie, Claude Pastot, denken."
Der letzte Blick, den er mir zuwarf, sagte alles.
Ich spürte, daß sich dieser Mann für den Schlag an mir rächen würde. Noch kannte er meine Wohnung nicht, aber er

konnte sie unschwer finden. Irgendetwas mußte ich mir einfallen lassen, um ihn in die Irre zu führen. Er selbst würde mich nach seiner Erfahrung mit mir nicht angreifen. Dafür bezahlte er Handlanger.

Ein Brief und Roland trifft Marcel

Auf dem Heimweg in meine Wohnung grübelte ich darüber nach, wieso auf unserem Firmenkonto kein Geld vorhanden war. Pastot konnte es nicht abgehoben haben. Für so töricht hielt ich ihn nicht. Man hätte es nachprüfen können.
Nicht im Traum kam ich auf den Gedanken, wie sich diese Frage lösen sollte.
In meinem Briefkasten lag ein Brief. Die Adresse war mit der Hand meines Vaters geschrieben. Zitternd öffnete ich ihn und mir, den nichts so schnell umwarf, standen Tränen in den Augen:
„Lieber Sohn,
aus Vorsichtsgründen wählte ich diesen brieflichen Weg, um Dir und Mariella meine letzte Fürsorge angedeihen zu lassen. Immer noch bedrückt über den Tod Eurer Mutter traf ich eine falsche Entscheidung.
Ihr habt diesen Verbrecher, Claude Pastot, instinktiv sofort richtig erkannt. Ich nicht. Aber Eure Abwehrhaltung macht mich hellsichtig und so faßte ich den Entschluß, unseren Teil des Firmenkapitals bar abzuheben und auf Dein Konto einzuzahlen. Teilt es Euch Pastot wird Euch unser Haus wegnehmen, jedoch bald feststellen, daß es weniger wert ist, als er sich einbilden mag.
Ich bin glücklich noch erfahren zu haben, daß Mariella diesen sympathischen Mann fand.
Und Du, Roland, das weiß ich, bist stark genug, um Dein Leben gleichfalls zu meistern. Bitte verbrenne diesen Brief nach Erhalt, damit er nicht in falsche Hände gerät.
Euer Euch innig liebender Vater."

Während ich den Brief verbrannte, weinte ich, weil ich erst jetzt begriff, was für ein großartiger Mann unser Vater gewesen ist, der in den letzten Augenblicken seines Lebens noch die einzig mögliche Entscheidung traf.

Nach diesem Schock hielt ich es in der Wohnung nicht aus. Ich mußte Menschen sehen, um mich abzureagieren.
Wenig später schritt ich hügelaufwärts um eine Ecke und sah, wie zwei Jünglinge dabei waren, einen kleineren Mann zusammenzuschlagen.
Ohne zu überlegen lief ich dorthin, um ihm zu helfen. Bevor die beiden begriffen, was geschah, hatte ich sie für kurze Zeit in das Reich der Träume versetzt.
Vor mir stand jetzt der kleine angegriffene Mann mit blutender Nase, aufgerissenen Lippen und gebeugt von den Schlägen in seinen Magen, vor mir. Er mußte eine ziemlich gute Kondition besitzen, um das ausgehalten zu haben.
Selten traf mich ein so dankbarer Blick wie von diesem Mann in meinem Alter.
„Sie sollten schnell verschwinden, damit sich die beiden Mafia-Dealer nicht an Sie erinnern," riet er mir.
Seine Augen blickten mich so offen und ehrlich an, daß ich mir wünschte, er würde mein Freund.
Bei seiner Warnung kam mir die Aktentasche in den Sinn. Sie war mit abgefüllten Rauschgiftpäckchen gefüllt.
In diesem Augenblick kam ein Streifenpolizist um die Ecke, den mein kleiner Mann kannte und herbeirief:
„Charlie," zeigte er ihm den Inhalt der Aktentasche, „die wollten mich fertigmachen, aber dieser Herr nahm sich meiner an."
Diese elegante Umschreibung meines harten Eingreifens belustigte mich.
Erst jetzt musterte der Polizist die beiden. Seine Reaktion war blitzschnell. Gerade, als die beiden wieder zu sich kamen, hatte er ihnen Handfesseln angelegt und hielt sie mit seiner Pistole in Schach:
„Marcel, Du bist ein Goldstück. Seit längerer Zeit versuche ich die Burschen zu überführen. Endlich habe ich sie

mit Beweismaterial.“ Als er die Brusttaschen der Verhafteten untersuchte, fand er einen Packen Geld.
„Du weißt, wo Du mich findest, Charlie,“ rief er dem Polizisten zu und zog mich von dem Ort des Geschehens fort.
„Heute bist Du mein Gast bei Janine. Da sind wir sicher in diesem komischen Viertel, in dem hier die Schickeria und dort die Unterwelt tagt. Aber ich bin hier zu Hause. Beide Seiten akzeptieren mich, weil sie mich mögen und wissen, daß ich den Mund halte.
Durch Deine Hilfe lernen die beiden Kerle ihre Lektion im Gefängnis und ihre Hintermänner werden sie wie heiße Kartoffeln fallen lassen.“
Fortgehend hörten wir noch, daß der Polizist mit seiner Trillerpfeife Verstärkung heranholte.

Beim ersten Bier sagte der Kleine: „Wie Du hörtest, bin ich Marcel.“
„Und mich kannst Du Roland nennen,“ prosteten wir uns zu.
Es wurde eine lange Nacht. Wir tauschten unsere bisherigen Lebensgeschichten aus.
Marcel war der einzige Sohn einer bürgerlichen Familie. Sein Vater starb kurz nach seiner Geburt. Seine Mutter ein Jahr später. Verwandte die ihn aufnehmen konnten, gab es nicht. Er kam in ein Waisenhaus.
„Meine Zeit dort war nicht sehr lustig. Immerhin lernte ich mich auf die harte Art durchzusetzen. Ohne große Zukunftsaussichten rutschten manche meiner Kameraden in die Verbrecherkreise ab.
Das wollte ich nicht. Man bot mir einen Job in einer Firma an. Ich nahm ihn nicht an.
Vielleicht bin ich verrückt, aber die Vorstellung, jeden Tag pünktlich am Bürotisch zu sitzen und wieder ständig jemandem gehorchen zu müssen, war nicht mein Bier. So kam es dazu, daß ich ohne Zwang für die Wirte hier im Bezirk Gelegenheitsarbeiten mache, die mich über Wasser halten. Geld ist für mich kein wichtiger Faktor.

Die persönliche Freiheit ist mir mehr wert. Bisher bereute ich meine Entscheidung zu diesem einfachen Leben nie.
Und wie sieht's bei Dir aus, Roland?"
Ich schlug Marcel vor, das Bistro zu verlassen und bei mir noch eine Flasche Wein zu trinken. Dort könnten wir ungestört plaudern und er zur Nacht bleiben.

Aufmerksam verfolgte er meinen Bericht. Als ich auf die letzten Ereignisse mit Claude Pastot kam und ihm diesen Typ schilderte, reckte er sich jäh auf:
„Schnurrbart, Mittelscheitel, hager, sagst Du?"
„Kennst Du ihn, Marcel?"
„Nach Deiner Beschreibung sah ich so einen Mann zweimal im „Chez-nous". Ein ziemlich anrüchiges Lokal, wo nicht jeder hereinkommt.
Er saß dort an der Bar mit einem Mann, den sie den „Killer" nennen. So'n Preisboxertyp. Für Geld übernimmt er angeblich jeden Auftrag. Muß schlau wie eine Schlange sein, denn bisher erwischte man ihn nie. Das kommt vielleicht daher, daß er Rivalitäten innerhalb der Mafia-Banden löst. Wenn einer von denen vom Erdboden verschwindet, dringt nichts nach draußen.
Sollten die es auf Dich abgesehen haben, dann mach' Dich ganz schnell unsichtbar und mich kannst Du als Deinen Leibwächter ansehen."
„Bei mir ist doch nichts zu holden."
„Das interessiert die nicht. Wer ihnen auf den Fuß tritt, der trifft ihr angebliches Ehrgefühl und das bedeutet eiskalte Rache.
Morgen besorge ich Dir eine andere Wohnung unter meinem Namen. Einverstanden?"
„Bin ich, Marcel, Du kennst diese Kreise besser. Allerdings kann ich mir nicht vorstellen, daß sie so schnell reagieren."
„Da täuscht Du Dich. Hast Du einen Fotoapparat?" fragte er unvermittelt.
„Ja, wozu?"

„Du sammelst doch jeden Beweis gegen diesen Pastot. Dafür brauchst Du auf jeden Fall sein Foto, das ich Dir besorgen werde."
Sehr ruhig schlief ich nach allen Ereignissen in dieser Nacht nicht. Im Halbschlaf verfolgten mich die stechenden Augen von Pastot.

Das Unglaubliche geschah am nächsten Morgen. Nach dem Frühstück ging Marcel an das Fenster, um zu sehen wie das Wetter war.
„Gib mir schnell Deinen Fotoapparat und bleib' im Hintergrund," rief er erregt. Gleich erzähle ich Dir, was los ist."
Ruhig stützte er sich in dem geöffneten Fenster ab und machte Aufnahmen.
„Roland," beschwor er mich darauf, „pack' Deine wichtigsten Sachen zusammen. Hier mußt Du verschwinden. Du hast mir gesagt, Geld zu haben. Ich besorge Dir unter meinem Namen eine andere Bleibe."
„Was ist eigentlich los?"
„Der Teufel ist los. Soeben stand dieser Pastot mit dem Killer auf der Straße und zeigte ihm dieses Haus. Sie sind schon weg, aber ich konnte sie noch fotografieren. Das bedeutet, der Killer ist auf Dich angesetzt und wird sehr schnell hier auftauchen. Bis heute Abend dürften wir Zeit haben. Am hellichten Tage schlagen solche Ganoven ungern zu. Dafür suchen sie sich die stillen Morgenstunden aus."
„Wo wohnst Du eigentlich, Marcel?"
„Hier und dort bei Freunden. Da kann ich Dich nicht unterbringen."
„Dann suche etwas mit einem zusätzlichen Zimmer für Dich, natürlich auf meine Kosten."
„Das kann ich nicht annehmen."
„Du mußt es annehmen, mein Freund. Wenn Deine Befürchtungen eintreffen, brauche ich Dich als Leibwächter und das hast Du mir doch angeboten, oder nicht?"
„o.k. Du kannst Dich darauf verlassen, daß ich auf Dich aufpasse. Dabei fällt mir noch etwas Wichtiges ein. Du

mußt Dein Auto verkaufen, über das sie auf Deine Spur kommen könnten."
„Den nächsten Wagen kaufen wir auf Deinen Namen."
„Roland, Du kennst mich noch nicht einmal 24 Stunden."
„Und Du hast erlebt, daß ich mich wehren kann."
Marcel fing an zu lachen: „Glücklicherweise für mich."
„Glücklicherweise für uns beide, aber nun schieß' ab und besorge uns ein freundliches Domizil."
„Yes, Sir."

Bereits um 2 Uhr nachmittags erschien Marcel wieder und verkündete freudestrahlend, eine ordentliche Bleibe im nächsten Distrikt gefunden zu haben.
„Ein kleines Haus, das einer jüngeren, reizenden Dame gehört. Anfangs sträubte sie sich, zwei junge Männer wie uns aufzunehmen."
„Hat Dein Charme gesiegt?"
„Nee, als ich ihr Deinen Namen als Mitbewohner nannte, stellte sich heraus, daß sie mit Deiner Schwester Mariella Säuglingspflege gelernt hat. Das ist der Grund, warum sie zustimmte. Sie ist eine liebenswertes Persönchen, sieht allerdings mächtig zerbrechlich aus."
Den Nachmittag verbrachten wir damit, meine wenigen Sachen einzuladen und danach das Auto zu verkaufen. Bei der Überlegung, welchen Wagen ich auf Marcel zulassen sollte, hatte dieser eine Idee, die ich gut fand.
„Lass' uns einen Kleintransporter nehmen. Einmal ist er unauffälliger für Dich als ein Personenwagen und ich kenne einige von meinen Leuten, für die wir Transporte fahren könnten. Sie sprachen mich daraufhin an, nur besaß ich da keine 4 Räder, um ihnen zu helfen. Damit kommen wir gleichzeitig zu einem kleinen Job. Wie ich Dich einschätze, willst Du sicher nicht untätig in der Wohnung herumsitzen."
„Du hast die Lage erfaßt, Marcel."
Es wurde Abend, bis wir alles erledigt hatten und zu unserer Wirtin fuhren.
Ich war sogleich gefangen von dieser zierlichen Frau. Offen strahlten mich ihre blauen Augen an. Ein Pagenkopf

umrahmte das schmale Gesicht, dem eine Stupsnase etwas Fröhliches verlieh. Halbmondlippen unterstrichen ihren Reiz, den ein herbzarter Duft nach Zitronen vervollkommnete.
„Sie haben sicher noch nicht gegessen," empfing sie uns, was tatsächlich der Fall war. „Allerdings kann ich Sie nur zu einem kleinen, kalten Abendbrot einladen. Baguette, Würste, Käse, Oliven, Salat." Dankend nahmen wir an.
Während des Essens bestand sie darauf, Andrea genannt zu werden. „Mit Ihrer Schwester Mariella duzte ich mich auch und so hört es sich familiärer an. Madame klingt bei meiner Größe zu förmlich," machte sie sich über sich selbst lustig und fragte: „Wie geht es übrigens Mariella?"
„Sie heiratete einen deutschen Kinderarzt und will mit ihm in dessen Heimat eine Praxis eröffnen. Noch kenne ich ihre Adresse nicht."
„So plötzlich? Vor kurzem traf ich sie noch. Erzählen Sie! Ich bringe uns noch Weisswein."
„Ich glaube, wir müssen ihr reinen Wein einschenken. Wie siehst Du das, Marcel," wollte ich nach ihrem Fortgang wissen.
„Ich bin Deiner Meinung. Erwähne jedoch den Killer nicht. Es könnte sie ängstigen."
In einem langen Gespräch erfuhr sie alles, was geschehen war. Sie lauschte immer betroffener und wir sahen ihren Augen an, daß sie Mitleid mit mir empfand.
Mit einer unschuldigen, sanften Geste strich sie einmal über meine Hand und sagte leise: „Das hat Deine anständige Familie und Du nicht verdient. Das Haus und die alte Firma verloren!"
Plötzlich blitzten ihre Augen auf: „Könnt Ihr diesem Pastot nicht ein Bein stellen, über das er so stolpert, daß er nicht wieder aufstehen kann?"
„Gegenwärtig nicht, Andrea, aber eines Tages erwische ich ihn."
„Als ehemaliger Waffenhändler hast Du sicher noch eine Pistole."

„Sogar mit Waffenschein. Du bist gut von uns beschützt. Aber mit einer Kugel löst man keine Probleme, man löst nur neue aus."
„Entschuldige! Es fiel mir nur spontan ein, weil ich mich so wahnsinnig über diesen Mann aufrege."
Das kam so natürlich heraus, daß ich von diesem Augenblick an Andrea liebte.
„Ich mache uns noch einen Mocca und dazu gibt's Calvados. Nach diesen Enthüllungen brauche auch ich einen," verschwand sie in der Küche.
„Ein besseres Unterkommen konntest Du in ganz Paris nicht finden," lobte ich meinen Freund.
„Hab' ich Dir auch angekündigt."
„Hast Du, Marcel. Ich ernenne Dich zu meinem Beauftragten in schwierigen Fragen."
„Immerhin bin ich durch Deine Ernennung bereits Besitzer eines Kleinlasters geworden," grinste er.
Andrea kam mit dem Mocca aus der Küche zurück. Sie stellte die Gläser und den Calvados vor uns hin. Sonderbar nachdenklich blieb sie am Tisch stehen und sah uns an:
„Mir kam ein unangenehmer Gedanke. Wie Du mir diesen rücksichtslosen Pastot geschildert hast, dessen Werbung Mariella zurückwies und rechtzeitig verschwand,... kann es da sein," – sie stockte einen Augenblick – „kann es geschehen, daß er sich dafür an ihr rächt?" fragte sie hellsichtig.
Marcel stieß mich unter dem Tisch mit einem Fuß an und machte mit dem Kopf eine verneinende Bewegung. Ich begriff seinen Hinweis.
„Ich glaube nicht, daß ein Franzose nach Deutschland fährt, um dort seine Wut zu stillen. Er ist zu bekannt, reich und wird sich kaum in die Gefahr begeben, erwischt zu werden."
„Hoffentlich behältst Du recht."
Eine kleine Weile sprachen wir noch über belanglose Dinge, bis wir zu Bett gingen.
Vor meiner Tür hielt mich Marcel an:
„Du musst Dir einen Backen- und Schnurrbart wachsen lassen. Pastot kennt Dein Gesicht. Sollten wir ihm durch

einen blöden Zufall begegnen, kommt er auf Deine Spur. Außerdem besorge ich uns als Transportfahrer Baskenmützen mit großen Schirmen, die auch die Augen verdecken.
Deinen Wandel zur Seriosität mußt Du natürlich Andrea plausibel machen und zwar möglichst bald, bevor sie Dein wachsendes Stoppelfeld anfängt zu stören."
Das ergab sich beim Frühstück, als ich ihr den Entschluß mitteilte, mir einen Bart wachsen zu lassen, was anfangs recht ungepflegt aussähe.
Ihre Antwort zeigt mir eindeutig, daß eine Frau vor mir stand, die sehr einfühlsam nachdenken konnte.
„Von mir aus, gern, aber warum? Willst Du Dich vor diesem Pastot verstecken?"
„Ja. Wenn wir ihm auf die Schliche kommen wollen, müssen wir alles vermeiden, um ihn auf uns aufmerksam zu machen. Er wird niemals vergessen, vor mir niedergeschlagen worden zu sein."
„Ihr Beide seid bei mir geborgen," sagte sie mit einer Schlichtheit, die mir ans Herz ging. „Für die Leute rundherum seid Ihr Transportfahrer, selten hier und bekommt von mir andere Namen, wenn ich neugierig gefragt werde."
Marcel schlug mir später vor, an diesem ersten Tag im Hause zu bleiben.
Er würde indessen in der früheren Wohnung nachsehen, ob der befürchtete Besuch stattgefunden hätte. Danach wollte er Bekannten unser neues Transportunternehmen schmackhaft machen.
„A bientôt!" verschwand er.
Ich brachte Andrea das Frühstücksgeschirr mit in die Küche. Sie würde später abwaschen, erklärte sie mir, weil sie zuerst einkaufen wollte. Noch sei es nicht zu voll auf dem Markt.
„Dann wasche ich ab."
„Mir macht's Spaß, Andrea. Weißt Du auch, warum? Nein, kannst Du nicht wissen. Beim Abwaschen bekommen manche Leute die besten Ideen."

„Du bist ein drolliger Mann,“ lachte sie fröhlich auf. „Hoffentlich fällt Dir ‚was Vernünftiges ein,“ traf mich ein verschmitzter Blick.

Es dauerte nicht lange und Marcel kehrte zurück.
„Die Kurve kratzten wir rechtzeitig,“ berichtete er. „Wer immer es war, hatte keine Probleme, die Wohnungstür lautlos zu öffnen, aber drinnen herrscht ein Chaos. Sämtliche Schubladen herausgerissen, die Schränke stehen offen und sogar Dein Bett stellte er auf den Kopf. Der war auf die Firmen- und Kontounterlagen scharf. Dieser Mißerfolg wird Pastot noch mehr reizen, das schwöre ich Dir.
Hoffentlich wächst Dein Bart etwas schneller. Vorsichtshalber kaufte ich Dir einen künstlichen, denn ich bekam den ersten Auftrag für einen Transport.“
Kaum hatte ich denselben anprobiert, da kam Andrea herein.
„Du siehst wie ein Philosoph aus,“ amüsierte sie sich.

Andrea

Die nächsten 10 Monate schenkten mir die glücklichste Zeit meines Lebens. Es tut mir zwar immer noch weh, daran zurückzudenken. Aber die Tiefe dieses Erlebnisses begleitet mich unzerstörbar bis in diese Tage.
Wenn ich als Obdachloser unter einer Brücke Schlaf fand, umarmte mich das vergangene Glück.
Und meine Trauer gilt den Menschen, die es im Arm haben, es nicht begreifen und mutwillig durch ihren Egoismus zerstören.

Nach einer Stunde kam Andrea vom Einkauf zurück. Etwas erschrocken sah ich wie blass sie war. Schwer atmend stellte sie ihre Einkaufstasche in der Küche ab.
„Ist Dir nicht gut?“ fragte ich besorgt.

„Nein, nein," wehrte sie ab, „mir macht nur die Hitze zu schaffen."

Das Glück blieb uns treu. Über Marcel's Verbindungen bekamen wir nach und nach Aufträge. Mit Backenbart und Baskenschirmmütze fühlte ich mich vor Pastot einigermaßen sicher.
Einmal führte uns der Weg an unserem Haus vorbei. Wir hielten an und lasen auf einem Schild, daß es zum Verkauf stünde. In meiner Erinnerung war es für uns immer ein gemütliches Heim gewesen. Erst jetzt bemerkte ich wie veraltet es aussah mit riesigen Fenstern und Türen, dem brüchigen Dach.
Marcel, den keine Erinnerungen plagten, stellte nüchtern fest, daß Pastot mit diesem Schmuckstück kein Geld verdienen könnte. Ihm bliebe nur die Wahl für eine teure Renovierung, oder müßte es abreißen und ein neues Gebäude errichten.
„Der hat Geld genug!"
„Mag sein, Roland, aber vielleicht braucht er es dringender woanders."
Dieser hingeworfene Satz bewahrheitete sich sehr bald.

Inzwischen hatte es sich auf Wunsch von Andrea eingebürgert, unser Nachtmahl gemeinsam einzunehmen. Zu lange wäre sie einsam gewesen und genösse die abendlichen Unterhaltungen.
Als ich zwei Tage später das Frühstücksgeschirr in die Küche brachte, saß sie auf einem Stuhl und sah recht müde aus.
„Eigentlich wollte ich einkaufen gehen. Irgendwie kann ich mich nicht dazu aufraffen."
„Dann gib' mir den Einkaufszettel. Ich erledige das."
Es musste ihr nicht sehr gut gehen, denn sie willigte sofort dankbar ein. Sichtlich erlöst, brach ihr Humor wieder durch:
„Beim Gemüsehändler mußt Du aufpassen. Wen er nicht kennt, dem nimmt er höhere Preise ab."

Oft musste ich für Mutter einkaufen und kannte daher in etwa die Kosten, denn sie rechnete mit mir immer sehr genau ab. Der Gemüsehändler reichte mir die volle Tüte herüber und nannte mir seinen Preis.
Lächelnd fragte ich ihn, ob er sich zufällig verrechnet hätte, sonst bekäme ich Ärger mit Andrea.
„Einen Augenblick! Tatsächlich. Manchmal funktioniert's im Kopf nicht, wenn man den ganzen Tag am Stand verkauft. Entschuldigung.
Sind Sie einer der neuen Mieter bei Andrea? Eine bezaubernde Person. Wenn sie über den Markt geht, hat man unwillkürlich das Gefühl, ein Engel käme einen besuchen."
Eine erstaunliche Feststellung von einem Gemüsehändler. Sie sagte aus, was auch ich empfand.

Es mochten zwei Wochen vergangen sein, als uns Andrea einen Zeitungsartikel zeigte. Claude Pastot war als Deputierter in die Kammer gewählt worden.
„Dieser jetzt hochgelobte, ehrenwerte Verbrecher!" regte sich Andrea auf.
Marcel und mir wurde klar, daß Pastot als Mann der Öffentlichkeit nun fast unangreifbar war. Allein ein handfester Beweis konnte seine Stellung erschüttern. Was er uns angetan hatte, reichte nicht aus.
„Sagte ich Dir nicht, dieser Pastot brauchte das Geld anderweitig. Wer weiß, wie viele Leute er für die Stimmen zu seiner Wahl bestechen mußte," kommentierte Marcel dieses Ereignis.
Mir brachte es einen Engel.
Wir wünschten uns wenig späte eine „Gute Nacht".
„Es tut mir so leid für Dich," sagte Andrea bei der Verabschiedung.

Im Halbschlaf hörte ich jemanden leise in mein Zimmer hereinkommen. Bevor ich voll erwachte, kroch Andrea zu mir ins Bett und schmiegte sich an mich.
„Sag' bitte nichts, Roland," legte sie ihren Kopf an meine Schulter:

„Ich möchte nur bei Dir sein."
Sanft streichelte ich die kleine Person im Nachthemd mit dem Dufthauch nach Zitronen. Einmal beugte sie sich über mich und gab mir einen zärtlichen Kuss. Natürlich erregte sie mich, aber ein Gefühl in mir hielt mich davon ab, mehr zu versuchen. Bevor ich mir weitere Gedanken darüber machen konnte, war sie an meiner Seite eingeschlafen. Sie weckte mich streichelnd am nächsten Morgen und saß bereits auf der Bettkante, bevor ich begriff, wie nah sie mir gewesen war.
„Ich danke Dir für Dein Verständnis, Roland. Ich liebe Dich, ich brauche Dich. Gib' mir Zeit und Zärtlichkeit. Du wirst es nicht bereuen."
Plötzlich blickte sie mich wie ein Kind an: „Darf ich von nun an jede Nacht bei Dir bleiben?" „Da fragst Du?"
„Was wird Marcel dazu sagen, er wird es doch mitbekommen."
„Ich spreche mit ihm."

Marcel ließ ich über Andrea wissen, daß sie nichts dagegen hätte, eine Freundin mitzubringen. Feinfühlig, wie er war, lehnte er das mit der Begründung ab, lieber bei einer Freundin zu übernachten, als Andrea in das Gespräch der Nach barn zu bringen.
Nach dem vorangegangenen Gespräch spürte ich, Andrea nicht bedrängen zu dürfen.
In jeder weiteren Nacht kuschelte sie sich enger an mich und langsam blühten ihre Lippen bei den Küssen auf..
Dann kam die erste Nacht, in der sie zuflüsterte, „komm, Liebster. Ich will Dich spüren." In den folgenden Stunden ließ sich Andrea wie eine Auster öffnen und sie wurde die Perle, die ich entdecken durfte.
Mir verbietet der Respekt und meine Hinneigung zu meiner geliebten Andrea unser innig ständig wachsendes Beisammensein näher zu schildern. Liebe kann auch erotisch grenzenlos sein. Sie muß jedoch ein Geheimnis zwischen den sich liebenden bleiben, wenn sie überdauern will. Logischerweise blieb es nicht aus, daß ich ihr sehr bald meinen Wunsch erklärte, sie heiraten zu wollen.

Sonderbarerweise wich sie mehrere Male einer Antwort aus und überspielte meine Verwunderung mit besonderer Zärtlichkeit.
Es folgten vier unbeschwerte Monate, in denen wir drei unser Dasein genossen. Allerdings traf ich sie manchmal erschöpft in einem Stuhl sitzend an. Natürlich machte ich mir Sorgen, die sie mit der Bemerkung fortwischte, anfällig bei Witterungswechsel zu sein. Eine Aussage, die mir verständlich schien.
In dieser Zeit hatte ich mit Marcel ein Erlebnis, das belustigend endete. Wir waren bei Janine eingekehrt.
An der Bar saßen zwei angetrunkene Männer, die sich immer lauter stritten. Janine versuchte den immer heftiger werdenden Streit vergeblich zu schlichten.
Etwas verzweifelt sah sie zu uns hinüber.
Da bemerkte ich, wie einer der beiden ein Messer herausholte und auf den anderen einstechen wollte. Sekundenschnell lief ich zu den Streithähnen und brachte sie mit gezielten Schlägen zu Fall. Ich blieb bei ihnen stehen, bis sie sich benommen wieder erhoben. Bevor sie auf den Gedanken kamen, daß ich der Angreifer war, schlug ich ihnen freundlich auf die Schulter.
„Ihr beiden habt uns ein einmaliges Schauspiel geliefert, schlagt beide gleichzeitig aufeinander ein und geht gleichzeitig dabei zu Boden. Steht eins zu seins, Freunde. Kein Sieger, kein Verlierer."
„Mann, oh, Mann, Du hast mich und ich hab' Dich," wandte sich der Größere an seinen Kumpel, „das muß gefeiert werden," lallte er.
„Aber nicht hier, bitte. Vertragt Euch einige Schritte weiter, denn bei Eurer Lautstärke kann ich mich hier nicht unterhalten."
Mit einem kleinen Geldschein machte ich ihnen den Wechsel schmackhaft.
Gehorsam erhoben sie sich und schwankten hinaus.

Andrea amüsierte sich später köstlich über unsere Schilderung von dieser Szene:

„Glaubten sie wirklich, sich gegenseitig niedergeschlagen zu haben?“
„Mit schnellen Reaktionen kannst Du die meisten Menschen so verwirren, daß sie alles glauben.“
Da ihre heitere Stimmung anhielt, fragte ich sie in der folgenden Nacht wieder, wann wir heiraten könnten.
Und dann traf mich ihre Antwort als nächster Schock in meinem Leben.
„Ich möchte Dich gern heiraten, aber ich kann es vor meinem Gewissen nicht verantworten. Ich habe eine Bluterkrankheit und mein Arzt gab mir kaum Hoffnung, lange zu leben.“
„Du mußt einen Spezialisten aufsuchen. Ich bezahle Dir alle Kosten.“
„Ach, Roland, Spezialisten untersuchten mich bereits, die ich um eine offene Antwort bat. Die Diagnose wurde von ihnen bestätigt.
Ärzte können mir nicht mehr helfen. Ich brauche Dich, wenn Du jetzt noch bei mir bleiben willst. Ich würde es verstehen.“
„Es gibt kein wenn, Andrea. Du weißt, daß ich bei Dir bleibe. Jetzt erst recht.“
„Roland, ist Dir bewußt, mir soeben ein Hochzeitsgeschenk ohne Hochzeit gemacht zu haben, das meine Seele beruhigt.“
„Komm’, Andrea, schlaf ein,“ bat ich sie von meinen Gefühlen überwältigt, mit denen ich mich auseinandersetzen mußte.
Am nächsten Morgen fragte ich sie, ob ich Marcel einweihen dürfte.
„Warum?“
„Weil sich dann zwei Männer um Dich kümmern.“
„Nun gut,“ brach ihr Humor wieder durch, „dann verfüge ich als eine der wenigen Frauen über zwei Männer, die sich um mich sorgen.“

Marcel sah mich traurig an, als ich ihm Andrea’s Zustand schilderte.

„Wir müssen durchhalten,“ war seine schlichte Antwort.
Drei weitere Monate vergingen ohne Komplikationen.
In einer Nacht fand ein Gespräch statt, das ich nie vergaß.
„Weißt Du, petit Roland, als Mann bist Du ein Sonderfall. Andere wechseln das Bett je nach ihren Lustgefühlen. Ich gebe zu, auch Frauen machen das. Besonders heute, wo so manche glauben, etwas zu versäumen, ihren Partner wechseln und ihre Kinder im Regen stehen lassen. Sie sind zu töricht um zu begreifen, daß sie nur eine Schlafstelle wechseln und nichts besser ist als vorher. Es gibt kaum einen Mann, der wirklich begreift, was die Frau denkt, mit der er sich vereint. Die Lust ist eben größer als der Verstand. Du brauchst nur an Adam und Eva im Paradies denken. Adam fiel auf Eva herein und Du bist auf mich hereingefallen.“
„Ich schätze, daß Adam mit Vergnügen auf Eva hereinfiel, so wie ich auf Dich.“
„Eine sehr beruhigende Antwort, Roland,“ küsste sie mich liebevoll.

Dann kam die Zeit, in der sie sichtlich zusammenfiel und an meiner Seite nur noch schlafen wollte.
Unverbrüchlich in diese bezaubernde Person verliebt, genügte mir von da ab das verständnisvolle Beisammensein.
Es endete unerwartet.
Durch Marcel bekamen wir einen Transportauftrag nach Dijon, wo wir übernachten mußten. Als wir nach unserer Rückkehr Andrea’s Haus betraten und nach ihr riefen erhielten wir keine Antwort.
Wir fanden sie im Badezimmer nach einem Blutsturz leblos liegen.
Der herbeigerufene Arzt stellte ihren Tod fest.
In ihrem Sekretär fanden wir den letzten Willen, der mich erschütterte, weil er so typisch für sie war.
„Lieber Roland,
Du hast mir die glücklichsten Tage meines Lebens beschert und wirst verstehen, daß ich mein Haus nicht Dir , sondern der Kirche vermache, damit sie dort Familien unterbringen

können, die in Not geraten sind. Damit will ich Dich auch davor beschützen, daß Pastot durch die Umschreibung nicht auf Deinen Namen kommt und auch die Leute rundherum Dich nicht als Erbschleicher ansehen.
Nur wenige Menschen können sich vorstellen, daß eine Seelenverwandschaft den Tod überdauert. Auch aus dem Jenseits wirst Du meine Stimme hören, weil ich Dich, geliebter Mann, beschützen werde. Vielleicht lächelst Du über diesen Satz ungläubig, aber ich sage es Dir tiefernst, lausche auf meine Stimme, wenn sie Dich warnt."
Der Brief war ganz einfach mit „Deine Andrea" unterschrieben.
Ich reichte ihn Marcel herüber und sah Tränen in seinen Augen stehen.
„Was will Andrea mir damit sagen?"
„Ich bin nur ein einfacher Mensch, Roland, aber wenn Du mich fragst, will sie Dich vor Claude Pastot warnen."
„Nach einer längeren Schweigepause fragte ich ihn, weshalb er an Andrea's Worte glaube."
„Wir sprachen nie darüber. Ich könnte nicht ohne den Glauben überleben, daß der „Herr" seine Hände über mich hält. In dieser Welt, Roland, gab und gibt es so viel Verlogenheit, daß man davor besser die Augen verschließt, um nicht depressiv zu werden. Vielleicht glaubst Du meinem Instinkt nicht, aber ich weiß, daß Andrea Dich beschützen wird."
„Marcel," umarmte ich ihn, „mit diesen Worten hast Du mich getröstet."
Bei der Beerdigung dieser geliebten Frau standen nur wir beide an ihrem Grab. Hinterher beschlossen wir, nicht gleich in die Wohnung zurückzufahren, sondern bei Janine unsere nächsten Schritte zu beraten.
Wir alle nehmen erstaunt angebliche Zufälle in unserem Leben wahr. In Wirklichkeit gibt es keine Zufälle, denn die Schicksale der Menschen sind von Geburt an vorprogrammiert.
Auf dem Weg zu Janine kamen wir an der Kammer vorbei und sahen schockiert vor dem Portal Claude Pastot von Re-

portern umringt stehen. Noch etwas fiel uns auf. Hinter ihm stand der Killer, vermutlich sein Bodyguard.
In den Nachrichten hörten wir, daß ihm unsere Republik einen Orden für eine Stiftung verliehen hatte.
Ahnungslos erwähnte ich Marcel gegenüber, daß er nun so berühmt sei, um uns nicht mehr im Visier zu haben.
„Du täuscht Dich gewaltig, Roland. Rachegefühle sind unstillbar.“

Bei Janine erklärte ich Marcel, dieses Land verlassen zu wollen, um meine Schwester in Oldenburg aufzusuchen, deren Adresse ich inzwischen bekam.
„Hier erinnert mich jeder Schritt zu sehr an Andrea. Kommst Du mit?“
Er nickte zustimmend.
Da geschah wieder eines dieser nicht voraussehbaren Ereignisse.
Ein Mann betrat die Gaststätte, mit dem mein Vater über alle Jahre vertrauensvoll zusammengearbeitet hatte und dabei auch mich kennenlernte. Ein Vorstandsmitglied der Waffenfabrik, für die mein Vater als Agent arbeitete.
Als er mich sah, fragte er, ob er sich zu uns setzen dürfte.
Irgendwie sah der alte Herr bedrückt aus. Schreckhaft fiel mir ein, daß Pastot durch ihn erfahren konnte, wo ich zu finden war. Mir blieb nichts anderes übrig, als ihn zu bitten, unsere Begegnung zu verschweigen.
Seine Reaktion kam völlig unerwartet.
„Dieser Verbrecher!“ entfuhr es ihm, „wegen ihm legte ich gestern meinen Posten in der Fabrik nieder, weil ich das Spiel der jetzigen jungen Manager mit meinem Gewissen nicht verantworten kann. Mit diesem Pastot blüht das Geschäft und die Herren verdienen mehr Geld als jemals zuvor. Mit Waffen, die jedem Terroristen ausgeliefert werden, der sie braucht und sie deklarieren ihre Lieferungen als Unterstützung für Freiheitskämpfer!“
Nach dieser Eröffnung erfuhr er von mir, was sich mit Pastot, meinem Vater und unserer Firma abgespielt hatte, auch die Drohung, die über uns schwebte.

„Wenn Sie mich eines Tages brauchen, um diesen Mann zu Fall zu bringen, dürfen Sie sich jederzeit an mich wenden," reichte er mir seine Visitenkarte herüber.
Plötzlich lächelte er mich verschmitzt an: „Wie ich hörte, wollen Sie Ihre Schwester in Deutschland besuchen. Da können Sie mir einen Gefallen erweisen, der allerdings ein Problem aufwirft. Das haben alle Waffen so an sich.. Dazu müssen Sie vorab die Geschichte erfahren.
Seit Jahrzehnten bin ich mit einem deutschen Grafen befreundet, der nicht nur ein altes schönes Wasserschloss im süddeutschen Raum besitzt, sondern auch eine berühmte Waffensammlung. Durch Käufe kam ich seinerzeit mit ihm in Verbindung, die auch im letzten Kriege nicht abbrach. Illusionslos begriff er rechtzeitig, daß Deutschland den Krieg nicht gewinnen konnte und brachte seine Waffensammlung in Sicherheit. Nur eine Muskete aus dem 30jährigen Krieg ließ er in seinem Jagdzimmer hängen, weil er sich von diesem Erbstück seiner alten Familie nicht trennen wollte. Wie Sie wissen, war die französische Besatzungsmacht nach dem Kriege für Süddeutschland zuständig.
So erschien eines Tages ein Hauptmann unserer Armee bei ihm im Schloß und beschlagnahmte die Muskete.
Sobald es wieder möglich war, wandte er sich an mich mit der Bitte darauf aufzupassen, ob die Waffe zum Verkauf angeboten würde. Seiner Meinung nach wollte der Offizier damit Geld verdienen.
Als Waffenspezialist immer an Angeboten interessiert, spitzte ich meine Leute an, auf jede Annonce zu achten.
Vor einem Monat erschien ein Hinweis, bei dem es sich um die Muskete handeln konnte.
Ich suchte den Anbieter persönlich auf. Es war der Hauptmann und es ging tatsächlich um die mir bekannte Waffe.
Er verlangte einen horrenden Preis, den ich dem Grafen nicht zumuten konnte. Nach kurzer Überlegung fiel mir die Lösung ein, wie sich der Preis herunterhandeln ließ.
Ich gab ihm meine Visitenkarte.
„Wie Sie sehen, bin ich im Vorstand der Ihnen bekannten Waffenfabrik. Diese Waffe kennen wir. Uns ist auch be-

kannt, daß Sie dieselbe zu Ihrem Eigennutz entwendeten und nicht, wie vorgeschrieben, bei Ihrer oberen Dienststelle ablieferten."
Ich hatte ins Schwarze getroffen. Völlig verstört blickte er mich an. Da er mir fast leid tat, machte ich ihm den Vorschlag, seine Verfehlung zu vergessen.
Dafür, daß die Muskete dem rechtmäßigen Besitzer wieder zugestellt werden könnte, bot ich ihm den Preis einer normalen Pistole an.
Er war sofort damit einverstanden.
Das jetzige Problem liegt woanders. Für antike Stücke muß ein beachtlicher Zoll entrichtet werden. Den möchte ich dem Grafen ersparen. Wenn Sie jetzt nach Deutschland fahren, schlage ich vor, die Waffe als Jagdgewehr offen in Ihr Auto zu legen. Als Begründung führen Sie eine Jagdeinladung an."
Überraschend mischte sich Marcel in das Gespräch ein: „Der Vorschlag ist gefährlich. So töricht sind manche Zollbeamte nicht, die sehr wohl ein Jagdgewehr von einer antiken Muskete unterscheiden können."
„Dann muß ich wohl doch offizielle Übergabepapiere ausfüllen," antwortete ihm der alte Herr.
Zu unserem Erstaunen ließ Marcel die nächste Katze aus dem Sack.
„Ich kenne im Elsass einen kleinen Grenzübergang. Nicht weit davon entfernt gibt es einen Waldpfad über den man die Grenze bei einiger Vorsicht ungehindert passieren kann."
„Marcel, langsam wirst Du mir unheimlich. Woher weißt Du das?"
„Roland, Du hast einige der Burschen gesehen, mit denen ich es früher zu tun hatte. Manchmal brachten wir halt Dinge hin- und herüber. Zwar sagt man, es ließe sich von Brot und Wasser überleben, aber auch Brot und Wasser kosten Geld."

Wir beschlossen die Muskete auf diese Weise zu dem Grafen zu bringen. Am nächsten Tag holten wir sie bei dem alten Herrn ab. Er wollte den Grafen über uns aufklären.

Wieder zwei Tage später brachen wir unsere Zelte in Paris ab.
Kurz vor der Grenze war ein kleiner Gasthof. Marcel ließ mich anhalten und nahm die verpackte Muskete über die Schulter.
„Kurz hinter dem Zoll ist eine Tankstelle. Warte dort auf mich."
Nach einer Stunde kam er an und sagte grinsend: „Der Graf wird sich freuen."
Dieser nahm nach unserer Ankunft das Erbstück der Familie begeistert in die Hand und verwöhnte uns mit seiner Frau im Schloss als Gäste mehrere Tage.

Die Zwischenzeit

Nach unserem Schlosserlebnis fiel mir die Erzählung meines Vaters aus dem Kriege mit dem deutschen Major und Jana ein. Die Adresse seines Gasthofes in Süddeutschland besaß ich. Es gelang mir, ihn telefonisch zu erreichen.
Sofort lud er uns ein. Mit Jana führte er immer noch sein Gasthaus. Bei unserer Ankunft wurden wir von den beiden unerwartet herzlich begrüßt. Ohne uns zu fragen, gingen sie gleich auf das „DU" über.
„Dein Vater war ein großartiger Mann," sagte Kurt und Jana bemerkte mit einem mütterlichen Blick, ich sähe ihm ähnlich.
Unvermittelt bat Kurt seine Frau, ihm das Schild „Geschlossene Gesellschaft" zu bringen, das er an die Eingangstür hing und abschloß.
„Wir werden uns viel zu erzählen haben," meinte er.
So war es auch. Wir saßen bis in den frühen Morgen zusammen.
Betroffen hörten sich die beiden an, was durch Pastot mit unserer Familie geschehen war.
„Dann bist Du in ständiger Lebensgefahr?" kommentierte Kurt meine Schilderung.

„Ja und nein. Es kommt darauf an, wer schneller ist.“
„Ihr bleibt bei uns. Hier seid Ihr sicher und wir freuen uns über jede Hilfe,“ schlug Jana vor.
„Das ist lieb und sehr beruhigend, aber ich habe das sonderbare Gefühl, auch meine Schwester ist in Gefahr, weil sie seine Werbung ablehnte. Erklären kann ich das nicht. Auf jeden Fall muß ich zu ihr.“
„Erst einmal bleibt Ihr bei uns, so lange Ihr wollt. Übrigens besuchte uns schon zweimal unser Hochzeitsstifter, der französische Major, Pierre. Wurde immer ein lustiges Wiedertreffen. Stets wünschte er sich Krustenschweinebraten mit Knödeln.“
„Richtig mit Krusten?“ fragte Marcel neugierig.
„Den bekommt Ihr morgen.“
Wir blieben zwei Wochen und verließen das liebe Paar mit dem Gefühl, eine Woche lang nichts mehr essen zu müssen.
„'Mal Schloss, ‚mal Gasthof, nicht schlecht, wie wir umsonst leben,“ stellte Marcel auf der Fahrt zu Mariella fest.
„Gegenwärtig schon, jedoch gibt es leider kaum etwas umsonst in unserem Leben. Das dicke Ende folgt später.“
„Denkst Du an Andrea und ihre Warnung?“
„Ja, Marcel, ich kann Andrea nicht vergessen.“
An einem angenehmen, warmen Sonntag im Mai erreichten wir Oldenburg und hatten ein wenig Mühe, das Haus zu finden. Wie sich herausstellte, war es ein alter Bauernhof vor den Toren der Stadt, den sie günstig erwerben konnten, weil der Besitzer in ein Altersheim ziehen mußte und das Haus sehr renovierbedürftig war.
Mariella und Hellmut hatten uns ankommen gehört und standen in der Eingangstür, die den Weg in eine große Halle öffnete.
Obwohl ich meinen Schwager bisher nur kurz gesehen hatte, spürte ich, mit ihm gut auskommen zu können, denn ich sah Mariella an, wie fröhlich sie war. Wäre etwas in dieser Ehe schief gelaufen, hätte ich es gemerkt. Dafür kannte ich sie zu gut.

Meinen Freund Marcel nahm meine Schwester mit den herzlichen Worten auf, es schön zu finden, mit ihm und mir einen kräftigen Hauch Pariser Luft zu atmen.
Natürlich wollten sie sogleich alles über die Pariser Ereignisse nach ihrem fluchtartigen Verlassen wissen. Ich vertröstete sie auf später und bat sie, mir vorher offen zu erzählen, wie sie hier zurechtkämen: „Schließlich bin ich nicht blind und da wir gern längere Zeit bei Euch bleiben wollen, merke ich ohnehin, was wirklich los ist. Praxis und Bauernhof auszubauen kostet doch sicher eine Menge Geld."
„So ist es," erwiderte Hellmut. „Unsere Praxis ist glücklicherweise zufriedenstellend angelaufen. Uns fehlen allerdings noch einige Geräte, die nicht billig sind. Als uns dieser Bauernhof angeboten wurde, konnten Mariella und ich einfach nicht nein sagen. So machten wir die Augen zu und kauften ihn. Allerdings ist mit diesen beiden Anschaffungen unser Kredit bei der Bank voll ausgeschöpft, aber wir sind gesund, jung und haben es gewagt."
„Wer nicht wagt, der nicht gewinnt, Roland," bestätigte Mariella seine Worte. „Zuerst kommt der Aufbau der Praxis. Das Haus muß noch warten. Uns stört es nicht, wenn wir im Winter hier noch frieren müssen. Dann wickeln wir uns eben in mehr Decken ein."
„Kommt nicht in Frage," richtete sich Marcel plötzlich in seinem Stuhl auf, „Fenster, Türen und zusätzliche Dämmung bringen wir in Ordnung."
„Und das Material bezahle ich," stimmte ich ihm zu.
„Ihr seid verrückt!" rief Mariella.
„Keineswegs, Schwesterlein. Ab heute sind wir nämlich damit zahlende Untermieter."
Nach diesem Vorschlag wurde Marcel ein integriertes Mitglied unserer Familie.
Bevor wir schlafen gingen, zeigte uns Mariella die Küche. „Ihr müßt Euch selbst versorgen, denn wir starten morgens sehr früh und abends kann es spät werden."
Bereits am nächsten Tag besorgten wir das Material für die ersten Erneuerungsarbeiten. Wir begannen mit den Fenstern und fanden einen Tischlermeister, der sie uns nach

Maß anfertigte. In den folgenden Wochen waren wir voll beschäftigt und genossen abends gemeinsam jeden neuen Einbau.
Die Halle, früher Einfahrt für Heuwagen, wurde das Schmuckstück des Hauses und konnte mit einem Gutshaussaal verglichen werden. Vergnügt feierten wir die Fertigstellung.
„Nun fehlt eigentlich nur noch ein Kamin," meinte Mariella, „aber der ist zu teuer, denn man braucht einen Kaminsetzer, der auch die Genehmigung für den Schornstein erhält. In unserer Lage ist ein Kamin nicht wichtig. Da wir hier gemeinsam leben, will ich Euch mitteilen, was wichtiger ist. Ich erwarte ein Baby."
Mariella's Augen strahlten glücklich.

Beim Frühstück mit Marcel am nächsten Morgen faßte ich einen spontanen Entschluß, mit dem sich mein Leben eines Tages völlig veränderte.
Bis dahin verging allerdings noch einige Zeit.
Ich erklärte Marcel, daß ich Mariella den Kamin zur Geburt des Kindes und Hellmut den verbleibenden Rest für die Praxis schenken würde.
„Auch, wenn nichts mehr für Dich übrig bleibt?"
„Auch dann. Ich behalte nur eine kleine Reserve für den Betrieb unseres Kleinlasters. Nach Andrea's Tod ist in meinem Gehirn eine Leere entstanden, die ich nur damit füllen kann, anderen Menschen irgendwie zu helfen."
„So, wie Du bist, findest Du eine andere Frau."
„Nein, Marcel. Manche mögen aufgewärmte Mahlzeiten lieben, ich nicht. Reg' Dich nicht auf. Ich komme durch wie Du auch," wischte ich seinen Vorschlag beiseite.
Er sah mich mit einem Blick an, der mich rührte und erwiderte nur kurz: „Dann wollen wir ,mal einen Kaminbauer finden."
Dieser kam zu einer ersten Besprechung vorbei. Daher mußte ich nun das Paar über meinen Plan aufklären.
„Das nehmen wir nicht an!" entfuhr es beiden wie aus einem Munde. Diese Antwort hatte ich vorausgeahnt und

fragte sie jetzt, ob ihnen eine damit verbundene Bedingung recht sei.
„Gebt mir die Einwilligung, daß ich immer hier wohnen kann, wenn mir danach ist.“
Damit erklärten sie sich sofort einverstanden.
Während dieses Gespräches saßen wir auf der Terrasse und verfolgten den Sonnenuntergang, der in eine lauwarme Nacht überging.
Hellmut holte Wein.
Zufrieden schweigend blickten wir über den Garten, der im Augenblick nur aus einer weitläufigen Wiese bestand, deren Ende von hohen Rhododendronbüschen und dahinter stehenden Tannen den Sitzplatz vor fremden Blicken verdeckte.
Irgendwie prägte sich mir der Anblick dieser Büsche und Tannen in mein Gedächtnis ein.
Mariella bemerkte, daß ich den Garten betrachtete: „Um Blumenbeete anzulegen, fehlte uns die Zeit, aber ich pflanzte Küchenkräuter ein,“ erklärte sie.
„Welche Blumen liebst Du denn,?“ fragte Marcel interessiert.
„Viele Rosen vor der Terrasse, an der Hauswand Stockrosen und seitwärts Dahlien und Sonnenblumen. Für’s Frühjahr natürlich Maiglöckchen, Narzissen und Primeln.“
„Hört sich gut an,“ nickte er. Mir wurde klar, was er vorhatte.
„Du hast uns bis heute noch nicht erzählt, was in Paris geschehen ist, Roland.“
„Muß das in dieser friedlichen Stunde sein?“ versuchte ich abzubiegen.
Wenn Mariella etwas wollte, setzte sie ihren Kopf wie unsere Mutter durch:
„Egal, wie schlimm, ich will es wissen. Schließlich ist es Vergangenheit.“
„Ich befürchte, daß es eben nicht Vergangenheit ist.“
Sie schrak zusammen. Dennoch forderte sie mich auf zu berichten: „Wir sind keine Kinder mehr, die noch „Blinde

Kuh“ spielen. Manche machen das zwar ihr Leben lang, aber wir wollen den Tatsachen ins Gesicht sehen.“
Da die über uns schwebende Drohung alle betraf sah ich ein, die beiden aufklären zu müssen. Mit gemeinsamer Aufmerksamkeit könnten wir uns mit Glück vielleicht schützen.
Nach meiner Schilderung der Ereignisse trat ein längeres Schweigen ein, das Hellmut unterbrach: „Glaubst Du wirklich, daß ein Mann in der Position, die Pastot hat, sich noch rächen will? Wenn es schief läuft, kann es ihm sein berufliches Genick brechen. Darüberhinaus kennt er meinen Namen nicht. Wie soll er uns da in Deutschland finden?“
„Über diese Frage dachte ich in den letzten Tagen nach und kam zu dem Schluß, er kann. In Mariella's Abschiedsbrief an Vater erwähnte sie Dich, den deutschen Kinderarzt. Bei seinen Beziehungen dürfte es ihm nicht schwer fallen festzustellen, wo Du in Paris studiertest und damit auch, daß Du aus Oldenburg stammst.“
„Er wird sich doch nicht selber die Finger beschmutzen,“ wehrte mein Schwager erschrocken diesen Gedanken ab.
Es war Marcel, der leise seine Meinung äußerte.
„Wie Mariella sagte, hat es keinen Sinn drumherum zu reden. Daher sage ich Euch offen, womit wir rechnen müssen. Roland und ich haben Pastot mit einem Mann gesehen, der Killeraufträge gegen entsprechendes Geld ausführt. Falls Pastot die Sache nicht abgeblasen hat, wird dieser Killer hier erscheinen.“
Als er sah, daß meine Schwester blaß wurde, beruhigte er sie selbstsicher: „Bitte, rege Dich nicht auf. Ich kenne diese Ganoven und wie sie arbeiten. Bevor sie zuschlagen, sondieren sie sorgfältig die Umgebung des Opfers, weil sie bei einem Fehlschlag erledigt sind. Auch sie wollen überleben.
Normalerweise quartieren sie sich in begehbarer Nähe des Tatortes ein. Harmlos kommen sie mit Bus oder Taxe an und geben sich als Touristen aus. Natürlich verändern sie ihr Gesicht dabei. Ihren Wagen lassen sie an einer günsti-

gen Stelle stehen. Dadurch ist ein Hinweis auf ihr Fluchtauto schwer zu erhalten.
Daher stelle ich Euch die Frage: gibt es einen Gasthof in der Nähe?"
„Zwei," erwiderte Hellmut, „ein kleiner, der nicht weit entfernt ist, aber oft geschlossen hat. Der andere liegt auch nur 1500 Meter weiter. Bei dem kommen oft Reisebusse an."
„Das könnte die richtige Unterkunft für ihn sein. Ab morgen nehmen wir Kontakt auf. Wir sollten uns dort allerdings mehrfach sehen lassen, bevor die Wirte oder Angestellten bereit sind, uns sein Erscheinen mitzuteilen. Neugierig, wie Wirte sind, müssen wir uns eine plausible Ausrede einfallen lassen. Fällt Dir eine solche ein, Roland?"
Gemeinsam dachten wir darüber nach und kamen auf die Idee, ein Treffen unserer alten Schulklasse vorzuschieben, bei dem wir hofften, ihn zu sehen. Da wir erst kurz hier wohnen, kannte er unsere Adresse nicht. Um das Wiedersehen als Überraschung zu gestalten, wollten wir darum bitten, ihm diese vorher nicht zu sagen.
„Besitzt Du eigentlich noch Waffen?" fragte mich Mariella plötzlich.
„Ja, sowohl das Gewehr mit Zielfernrohr und meine Mauserpistole.
Übrigens hat auch Marcel eine Pistole mit Waffenschein."
„Eine immerhin etwas beruhigende Nachricht für mich in dieser Nacht," stand meine Schwester auf. „Damit verfügen wir als harmlose Bürger über Verteidigungswaffen, die andere nicht haben."
An der Treppe drehte sie sich noch einmal um:
„Marcel, Du bist wirklich mit allen Wassern gewaschen."
„Mag' sein Mariella. Bisher reichte es leider immer nur zum Waschen, aber nicht zum Millionär."
Seine Bemerkung löste die Spannung und ich bewunderte meine Schwester für ihre Gefaßtheit.
Weitere ruhige Wochen verstrichen, in denen ich mit Marcel auch die Blumenbeete vorbereitete. Zwischendurch vertieften wir unsere Verbindung mit den Gasthäusern und nahmen ziemlich sicher an, unterrichtet zu werden.

Eines Tages stellte ich fest, daß mein Geldvorrat zur Neige ging. Mit Marcel beschloß ich wieder Transportfahrten anzubieten, um Geld einzunehmen. Wir achteten dabei auch auf andere Annoncen und fanden eine, die einen Fahrer mit Beifahrer für einen Transport suchte. Über einen trostlosen Vorplatz, auf dem ein alter Laster stand kamen wir zu einer Baracke. In einem unordentlichen Raum empfing uns ein kleiner Mann, der uns einen recht windigen Eindruck vermittelte.
Dieser bestätigte sich sogleich. Er wollte nur wissen, ob ich eine Genehmigung als Lastwagenfahrer besäße, was er befriedigt zur Kenntnis nahm. Dann kam er zur Sache. Er wollte uns schwarz für einen Möbeltransport in den Harz anheuern und brauchte aus diesem Grund keine Unterlagen über uns. Der angebotene Lohn war angemessen, was uns anfangs erstaunte, bis wir seine Bedingung hörten. Eine Hälfte des Geldes bar auf die Hand, die andere nach unserer Rückkehr.
„Und wo steht der Wagen?"
„Sie sind auf dem Hof an ihm vorbeigegangen."
„Den will ich mir erst einmal ansehen," erwiderte ich und bemerkte, wie er zusammenzuckte.
Er schien für diese Fahrt einen guten Preis zu bekommen, sonst wäre er uns nicht gefolgt.
Mit einem unwohlem Gefühl betrachteten Marcel und ich den fast schrottreifen Laster. Als ich die abgefahrenen Reifen sah, winkte ich ab.
„Mit den Reifen erwischt uns die erste Kontrolle. Wenn wir nicht weiterfahren dürfen, sitzen wir auf der Straße und brauchen die Lohnhälfte, um nach Hause zu kommen. Mit uns nicht, lieber Freund."
Er mußte unter Zugzwang stehen: „Würden Sie fahren, wenn ich Euch den vollen Lohn auszahle?"
Marcel nickte mir bejahend zu und ich akzeptierte.
Wir stiegen ein und fuhren los. Kurz darauf merkte ich, daß die Lenkung schwer reagierte und meinte zweifelnd zu Marcel, mir nicht vorstellen zu können, mit dieser Karre die Steigungen im Harz hinaufzukommen. „Macht doch

nichts, Roland. Wir sind doch bezahlte Schwarzarbeiter. Wenn was nicht geht, geht's eben nicht," lachte er fröhlich. Was er mir damit andeuten wollte, erfuhr ich Stunden später.

Wir hatten die letzte Raststätte an der Autobahn verlassen und fuhren auf der Landstraße bergauf. Nach einer Kurve bekam ich den Wagen nur mühsam wieder in die gerade Richtung, weil die Lenkung fast blockierte. Ein Lastwagen kam uns entgegen, dem ich für die Vorbeifahrt mehr Platz machen wollte. Es ging nicht. Er kam eng an uns vorbei, aber hupte böse.
„Marcel, das Ende unserer Fahrt ist erreicht. Der Wagen lässt sich nicht mehr lenken."
„Fahr' ganz langsam um die nächste Kurve. Auf der geraden Strecke lassen wir ihn einfach stehen und machen uns auf die Socken nach Hause."
Ich folgte seinem Ratschlag. Der Wagen war nur noch am Rollen und ich wollte ihn endgültig anhalten. Da versagte die Bremse. Er rutschte in die Büsche am Straßenrand und ein Baum stoppte mit sanftem Aufprall die Fahrt.
„Nichts wie 'raus und um die nächste Kurve!" rief mir Marcel zu, „ab dort sind wir Wanderer, die nichts gesehen haben."
Wenig später nahm uns ein Autofahrer bis zur Raststätte an der Autobahn mit. Dort wollten wir überlegen, wie wir günstig nach Hause kämen.

„Was kann uns mit diesem Lastwagenabenteuer passieren?" wollte ich in der Raststätte von Marcel wissen.
„Nichts, Roland. Der Kerl kennt unsere Namen nicht und ich würde mich nicht wundern, wenn ihm der Lastwagen überhaupt nicht gehört. Könnte auch sein, daß wir gestohlene Möbel transportierten. Das ist nicht unser Fall. Das Rätsel muß die Polizei ohne uns lösen."
Das Glück war auf unserer Seite. Wir kamen an unserem Tisch mit einem Fahrer ins Gespräch, der von uns wissen wollte, woher wir kämen. Wir erzählten ihm bei meiner

Schwester in Oldenburg zu wohnen, deren Mann Kinderarzt sei.
„Ist er ein bekannter Kinderarzt?"
„Ich weiß nur, daß er einen guten Ruf hat."
Nun erfuhren wir das Problem mit seiner 11jährigen Tochter. Durch eine schwierige Zangengeburt hatte sie einen kleinen Schaden erlitten. Sie war zwar gesund und munter, aber ihre Lernfähigkeit in der Schule sei durch Langsamkeit so beschränkt, daß man eine Sonderschule vorgeschlagen hätte.
Seine Frau und er wüßten nicht wie sie sich bei der weiteren Erziehung richtig verhalten sollten. Der bisherige Arzt meinte nur, es hinge von der Entwicklung ab: „Das ist doch keine Antwort. Wir wollen wissen, wie wir uns verhalten müssen. Ich nehme Sie beide nach Oldenburg mit, aber würde mich gern mit Ihrem Schwager unterhalten."
„Kein Problem."
Er wiederum hatte das Glück, daß Hellmut anwesend war, als er uns abends zu Hause absetzte. Ihm schilderte er, was ihn und seine Frau bedrückte.
„Besuchen Sie mich mit Ihrer Tochter in der Praxis. Wenn Ihre Darstellung stimmt, dann kann ich Sie schon heute beruhigen. Wie Sie sagen, hat das Kind den Willen, zu lernen. Verlangen Sie nie zu viel von ihr, weil sie sonst überfordert wird und aufgibt. Geduld ist alles, was sie braucht. Wenn sie etwa 18 Jahre alt ist, übernehmen andere Nerven die gestörte Funktion und sie wird alle Prüfungen nachholen können, die jetzt noch nicht möglich sind. Gewisse Schwierigkeiten beim Schreiben wird sie wohl behalten, jedoch wird sie lesen können, was sie schreibt. Kümmern Sie sich nicht darum, was Verwandte oder Nachbarn über ihr angeblich gestörtes Kind sagen. Es ist nicht gestört, sondern vollwertig, wenn man ihr Zeit läßt. Ich bin ziemlich sicher, diese Diagnose bestätigen zu können, nachdem ich sie gesehen habe."
„Danke, Doktor, Sie machen schon jetzt meiner Frau und mir das Herz leicht."

Er wurde ein dankbarer Klient meines Schwagers und verkündete dessen Können so, daß bald auch Familien aus Wilhelmshaven ihn aufsuchten.
Nachdem er sich verabschiedet hatte, berichteten wir unser Lastwagen-Abenteuer.
„Ihr habt ihn also einfach am Straßenrand stehen lassen, seid abgehauen und dafür auch noch Lohn erhalten," amüsierte sich Mariella.
„Einfache Lösungen sind immer die Besten, Schwesterlein."

Die Abrechnung. 1. Teil

Wenig später kam diese Nacht, in der mich im Halbschlaf wirre Träume quälten. Auf einmal lösten sich die verschwommenen Bilder in eine klare Vision auf. Andrea stand vor mir. So, wie ich sie in ihrer grazilen Schönheit in Erinnerung hatte.
Sie legte zärtlich eine Hand auf meine Schulter, die sie gleich wieder fortnahm, um dann mit ausgestrecktem Arm schweigend auf Rhododendronbüsche im Hintergrund einer Wiese zu deuten, die Mariella's Garten glich.
Als ich mich wieder zu ihr umwenden wollte, war sie verschwunden. Schweißgebadet erwachte ich aus dem Halbschlaf, aber die Vision war so deutlich gewesen, daß mich die Angst nicht verließ.
Ich stand auf und weckte Marcel in seinem Zimmer, weil ich einfach mit jemand darüber sprechen mußte. Als sich seine Überraschung über meinen nächtlichen Besuch gelöst hatte, hört er sich meine Wahrnehmung an. Im Grunde genommen hoffte ich, er würde mich beruhigen. Das Gegenteil geschah.
„Roland, alles was Dir Andrea mit der Verbundenheit von Seelen schrieb, kann nur bedeuten, daß der Killer bereits in unserer Nähe ist.
Sie hielt ihr Versprechen und warnte Dich.

Jetzt wird es Zeit, schnell und richtig zu handeln."
Jäh hellwach nach dieser Neuigkeit bat er mich, seine Vorschläge nicht abzulehnen:
„Ich bleibe wie ein Spürhund hier zu Hause und Du besorgst heute früh schußsichere Westen für Deine Schwester und Hellmut."
„Und wenn sie die nicht anlegen wollen?"
„Die Erklärung überlasse mir. Vergiß nicht, daß Mariella ein Baby erwartet. Als werdende Mutter wird sie diesen Schutz nicht ablehnen."
„Die beiden haben kein Auto. Er kann sie auf dem Weg mit ihren Fahrrädern zur Praxis erwischen."
„Unwahrscheinlich, daß er auf einer belebten Hauptstraße zuschlägt. Hinzu kommt noch eins. Im Augenblick wissen wir nicht, wer überhaupt sein Opfer sein soll. Meiner Meinung nach wird er zwar die Praxis beschatten, um zu erfahren, wann wir alle hier im Hause sind."
„Woher bist Du Dir darüber so sicher?"
„Eigentlich solltest Du es besser wissen. Die von Dir geliebte Andrea deutete auf die Büsche. Der ideale Platz, um von dem Waldweg dahinter ungesehen dorthin zu kommen, geschützt die Terrasse zu überblicken und den zu treffen, den er umlegen soll."
Uns blieb nichts andere übrig, als Mariella und ihren Mann aufzuklären.
„Dieser verdammte Pastot!" entfuhr es ihr böse. Ruhiger werdend fügte sie hinzu. „Ich glaube daran, daß Deine Andrea uns beschützen will."
Wir wußten, daß wir einer Situation gegenüberstanden, der wir nicht ausweichen konnten aber nicht, wie sie sich abspielen sollte.
Innerlich auf alles gefaßt, wunderte ich mich nicht über den Anruf des großen Gasthauses am frühen Nachmittag. Der Wirt teilte mir mit, daß ein Gast eingetroffen sei, der unserem beschriebenen Schulfreund ähnelte. Es wäre aber ein Ausländer. Ob das stimmen könnte?"
Ich zerstreute seine Neugierde mit der Bemerkung, wir wären als Jugendliche in Paris zur Schule gegangen.

„Damit liegen wir mit unserer ersten Vermutung richtig," meinte Marcel befriedigt. „Und was den Standort bei den Büschen anbetrifft, gehe ich jede Wette ein, auch das stimmt, nachdem ich jede Möglichkeit rund um das Haus untersuchte. Genau das wird auch der Killer tun und zwar zu einer Zeit, in der er in dieser relativ ruhigen Gegend nicht als Fremder auffällt. Er wird das Morgengrauen ausnutzen."
„Dann müssen wir uns den zweiten Teil der Nacht um die Ohren schlagen, um ihn zu beobachten."
„Keineswegs, Roland. Ich verbrachte den Morgen damit, ihm eine Falle zu bauen," lächelte er mich verschmitzt an und weidete sich an meiner Verblüffung.
„Komm', ich zeige es Dir," führte er mich zu den Rhododendronbüschen, vor denen er mich anhalten ließ. „Wie Du siehst, kann er als Standort nur die mittleren, kleinen Büsche wählen. Die anderen sind zu dicht, außerdem zu hoch, um die geeignete Sicht zuzulassen."
„Das muß ich von seiner Seite aus sehen."
„Kannst Du nicht mehr, weil ich alles für seinen Empfang präparierte."
Auf meinen verständnislosen Blick erklärte er mir nun, den gesamten Platz von jedem Laub gereinigt und mit frischer Erde aufgefüllt zu haben.
„Unter Garantie sieht er das als normalen Waldboden an, auf dem wir ihn durch seine Fußabdrücke erkennen können. Zuschlagen wird er erst am Abend, wenn Ihr auf die Terrasse kommt."
„Bist Du wahnsinnig! Wir liefern uns doch ihm nicht aus!"
„Keine Sorge, bis dahin hab' ich ihn kampfunfähig geschossen."
Sprachlos zweifelte ich an seinem Verstand, aber er lachte vergnügt.
„Mir ist nicht zum Lachen zu Mute. Willst Du ihm vielleicht von hinten auf die Schulter klopfen?" fragte ich ihn etwas sarkastisch.
„Nicht von hinten, Roland, sondern von der Seite. Du wirst es nicht glauben, aber seitwärts steht in der richtigen Posi-

tion für mich ein alter leerer Geräteschuppen. Ihm fehlt sogar die Tür. Ein ideales Versteck für mein Vorhaben. Natürlich betrachtet er sich auch den morgen früh."
„Und sieht Deine Fußabdrücke."
„Die harke ich hinter mir weg. „Hör' jetzt zu, wie ich mir den Ablauf denke. Theoretisch kommt selbstverständlich eine Sekunde tödlicher Gefahr auf uns zu, die wir nicht verhindern können. Ihr müßt Euch sehen lassen, denn sonst werden wir die Bedrohung nie mehr los.
Um die Gefahr so gering wie möglich zu halten, rufe ich ihn bereits bei Eurem Herauskommen von hinten an, nutze die Sekunde seiner Überraschung und schieße.
Eine andere Lösung gibt es nicht. Was danach kommt, nehme ich getrost auf mich. Um einen Gefallen bitte ich Dich. Kläre Mariella und Deinen Schwager nicht auf. Wenn sie nichts wissen, kann nichts schief laufen."
„Bist Du sicher, ihn mit Deiner Pistole so zu treffen, daß er überlebt?"
Fast beleidigt erfuhr ich von Marcel, daß er in seinem Schützenverein oft die Nr. 1 wurde. Er fügte hinzu: „Wie Du mit Deiner Selbstverteidigung. Falls uns der Killer hinterher noch Schwierigkeiten macht, bist Du dran, um ihn zur Ordnung zu rufen."

Wir waren uns sicher, daß am kommenden Tag die Entscheidung fiel. Die Bestätigung erhielten wir am Morgen, als wir den Platz um die Büsche untersuchten.
Der Killer war da gewesen und seine Fußabdrücke zeigten deutlich, daß er an der Stelle stehen würde, die Marcel als einzige Möglichkeit vermutete. Auch den Schuppen hatte er sich angesehen. Der Tag wurde sommerlich warm und es war ein Sonnabend. Der Killer wußte, daß wir alle zu Hause waren. Nach unserer Schätzung würde er seine Tat am Abend in der Annahme ausführen, daß wir auf die Terrasse kämen. Die Nacht würde er zur Flucht benutzen.
„Wenn man nur wüßte, wann er auftaucht. Dieses unbestimmte Warten geht einem auf die Nerven," äußerte ich.

„Gut, daß Du das erwähnst. Darüber dachte ich noch nicht nach, aber ich hab's! Aus Deinem Zimmer im oberen Stock kannst Du auf den einzigen Weg blicken, der am Grundstück vorbeiführt. Er kann sich nur als harmloser Wanderer tarnen. Sobald Du ihn siehst, mußt Du aus dem Fenster laut den Anfang eines Liedes singen. O sole mio, oder so etwas. Das klingt als Freude am Tag harmlos und ich bin gewarnt.

Auf die Idee, von zwei Männern erwartet zu werden, kommt dieser Ganove nicht. Selbst so abgebrühte Typen machen einmal einen entscheidenden Fehler."

Das klang so bestimmt, daß es sogar mich ein wenig beruhigte.

Dramatische Ereignisse finden in solcher Sekundenschnelle statt, daß man erst hinterher realisiert, was wirklich geschah.

Folgendes spielte sich ab:

Kurz nach 18 Uhr erblickte ich ihn mit einem Rucksack vorbeigehen. Lauthals sang ich einige Takte des Liedes.

Mit meiner Schwester hatte ich verabredet, auf der Terrasse Abendbrot zu essen. Sie war in der Küche und bereitete es vor. Hellmut war dabei, den Salat anzumachen.

Es dauerte etwa 20 Minuten bis wir mit den vorbereiteten Sachen in der Tür sichtbar wurden.

Mir schlug das Herz bis zum Hals bei dem entsetzlichen Gedanken, einen von uns dem Mörder auszuliefern.

Wir hörten einen lauten Ruf.

Gleich darauf fielen zwei Schüsse.

Sekundenlang Stille.

Jemand schrie auf.

„Das ist in unserem Garten!" rief Mariella erschrocken.

Zwischen den Büschen erschien Marcel' Kopf.

Jubelnd winkte er uns zu:

„Ich erwischte ihn! Wir sind gerettet! Hellmut muß schnell mit Verbandszeug kommen und Du, Roland, mit einem Strick. Du, Mariella, bleibst, wo Du jetzt bist."

Der Killer lag am Boden. Marcel hatte ihm die rechte Schulter durchschossen.
Er wimmerte vor Schmerzen.
Erleichtert atmete ich auf, während mein Schwager die Wunde versorgte.
„Fessel seine Füße!" verlangte Marcel von mir.
„Der ist doch fertig!"
„Hast Du eine Ahnung. Diese Mördertypen sind erst in einer aussichtslosen Position fertig. Die Probleme mit dem beginnen für uns erst."
Eine Voraussage, die sich bald bewahrheiten sollte.
Die Angst war von uns gewichen, als wir den Killer auf dem Sofa im Arbeitszimmer meines Schwagers gelegt hatten, wo er nach einer Spritze keinen Laut von sich gab.
Bei einer Flasche Wein erfuhren wir von Marcel die Einzelheiten.
„Du hast übrigens gut gesungen," griente er. „Jedenfalls war ich auf ihn vorbereitet und stand verborgen im Schuppen. Er war sich seiner so sicher, nicht einmal hineinzusehen.
Gelassen nahm er seine Waffe aus dem Rucksack heraus und setzte sie zusammen. Dann nahm er seine Stellung ein und wartete auf Euch.
Auf Euer Heraustreten konnte ich es nicht ankommen lassen, sondern rief ihn laut an.
Verblüfft drehte er sich blitzschnell um und ich schoß.
Da er auf Euch fixiert war und den Finger am Abzug hatte, drückte er diesen in der Schmerzreaktion ab. Seine Kugel ging in die Luft.
Das war's" beendete er seinen Bericht.
„Du hast mir das Leben gerettet, Marcel."
„Noch wissen wir nicht auf wen er überhaupt angesetzt wurde, aber das bekommen wir heraus, Mariella."
„Wie sollen wir weiter verfahren? Müssen wir ihn nicht der Polizei übergeben?" fragte mein Schwager.
„Noch nicht, Hellmut. Zuerst nehme ich ihn in die Mangel, bis ich alles weiß. Dann entscheiden wir weiter. Ist er lebensgefährlich verletzt?"

„Nein, aber er müßte in einem Krankenhaus behandelt werden. Wenn ich die Wunde richtig beurteile, dürfte er zukünftig mit der Hand nicht mehr schießen können."
„War sein Berufsrisiko," meinte Marcel trocken.
„Wann kommt er wieder zu sich?" wollte ich wissen.
„Etwa in zwei Stunden."
„Dann werde ich bei ihm sitzen bleiben."
„Ich auch," sagte Marcel. Das konnte ich ihm nicht abschlagen.

Die Abrechnung. 2. Teil

Mein Schwager hatte die Zeit gut eingeschätzt. Stöhnend erwachte der Killer.
Erschrocken sah er uns beide vor ihm sitzen und stieß eine Drohung aus.
Ich versetzte ihm einen schmerzhaften Schlag über sein Ohr, damit er seine hoffnungslose Situation begriff.
Ruhig brachte ich ihm nun bei, daß wir ihn am Morgen der Polizei für den versuchten Mord übergeben würden. Vier glaubwürdige Zeugen würden es bestätigen.
„Ihr habt mich angeschossen, ich ballerte nur in die Luft," antwortete er frech.
Ein weiterer Schlag auf sein Ohr zeigte ihm die Aussichtslosigkeit davonzukommen.
Jäh sackte er in sich zusammen.
Nun erlebten wir, wie die Selbstsicherheit des bisher nie erwischten Verbrechers in ein bettelndes Klagen überging.
Auf keinen Fall wollte er als Franzose in einem deutschen Gefängnis landen. Ob wir ihn nicht nach Paris zurückbringen könnten, wimmerte er und versprach, keine Schwierigkeiten zu machen.

Bei diesen Worten wußte ich, wie ich mit Pastot endgültig abrechnen konnte.

Zuerst machte ich dem Killer klar, daß ein solcher Transport kaum durchführbar wäre. Wozu auch. Zeugenaussagen würden hier vonstatten gehen.
Sollte er jedoch bereit sein, vor uns auszupacken und das Geständnis zu unterschreiben, könnten wir vielleicht einen Rücktransport erwägen. Der halste uns allerdings Probleme auf, abgesehen von den Kosten.
Wir hatten bereits festgestellt, daß er eine beachtliche Summe bei sich trug.
„Ich habe Geld genug und zahle," entfuhr es ihm.
Jetzt unterbreitete ich ihm meinen Vorschlag, dem er anfangs ungläubig zuhörte.
„Wenn Sie bereit sind, vor uns allen ihren Auftraggeber, das vorgesehene Opfer und die Auftragssumme zu nennen, sind wir einverstanden, keine Anklage gegen Sie zu erheben. Damit bleiben Sie unter der Bedingung ein freier Mann, daß Sie in Paris offiziell beglaubigt Ihren Auftrag zu Protokoll geben. Es liegt an Ihnen."
Er akzeptierte sofort. Über sein Geld durften wir verfügen.

Ich rief Mariella und meinen Schwager herein.
Die Enthüllung des Killers traf uns wie ein Schlag.
Wie von uns angenommen war Claude Pastot sein Auftraggeber, der ihm 100.000 sofort zahlte, weitere 50.000 nach Erfüllung des Auftrages. Und nun kam es.
Pastot wollte Mariella vernichtend treffen.
Der Killer sollte meinen Schwager Hellmut töten.
In Pastot's Augen war ihr Leben als Witwe damit zerstört.
Wir schwiegen entsetzt, um das zu verkraften.
Impulsiv umarmte Mariella ihren Mann und schluchzte: „Dieser perfide Mörder!"
Gleich darauf fing sie sich wieder und richtete die Bitte an mich, alles zu tun, um Pastot möglichst für immer ins Gefängnis zu bringen.
„Ich bin bereits dabei, Mariella."
Der Killer stöhnte leise. Er hatte wieder Schmerzen.
Meine Bewunderung galt Hellmut. Behutsam behandelte er die Wunde, obwohl dieser Mann ihn erschießen wollte.

Er erhielt noch eine schmerzstillende Spritze.

Anschließend setzten wir uns in der Halle zusammen, um die nächsten Schritte zu beraten.
Nüchtern stellte Marcel fest, es hätte nur einen Sinn, diesen Halunken nach Paris zu befordern, wenn wir dort jemand hätten, der einflußreich genug sei, um gegen Pastot vorzugehen und die wichtigen Verbindungen besäße.
Da fiel mir der alte Herr ein, der im Vorstand der Waffenfabrik und ein alter Freund meines Vaters gewesen war. Glücklicherweise fand ich seine Visitenkarte. Er hieß Besinet. Es wurde ein langes Gespräch, bei dem wir mit seiner Genehmigung den Lautsprecher zum Mithören anstellen durften.
Sehr schnell merkten wir, mit einem Mann von großer Lebenserfahrung zu sprechen.
Entsetzt nahm er den Anschlag zur Kenntnis. Als er dann erfuhr, daß Pastot ihn veranlaßt hatte, hörten wir nur, wie er leise sagte: „Auf diese Chance habe ich gewartet."
Schlagartig wurde er munter und wollte wissen, was wir zu tun gedächten.
Ich erklärte ihm meine Idee, den Mann nicht anzuklagen, sondern als freier Mann dafür zu benutzen, Pastot vor Gericht zu ziehen. Das müßte jedoch in Paris geschehen, weshalb wir ihn dorthin zurückbrächten.
„Wie will er seine angebliche Unschuld erklären?"
„Er nahm den Auftrag nur an, um an Geld zu kommen. Er hätte nicht im Sinn gehabt ihn auszuführen. In der Befürchtung, daß Pastot ihm nicht traute, mußte er nach Oldenburg kommen und ihn über sein Eintreffen unterrichten. Das Telefongespräch konnte Pastot nachprüfen. Danach wollte er mit dem Geld verschwinden. Aus Angst vor Pastot gestand er uns den Auftrag und erbat unsere Hilfe."
„Diese Erklärung klingt einigermaßen glaubhaft, aber stichhaltig ist sie nicht. Sie könnte akzeptiert werden, wenn das hinzukommt, was ich gegen Pastot zusammenstelle.

Wie wollen Sie ihn über die Grenze bringen?"
„In unserem Transporter."
„Davon rate ich Ihnen dringend ab."
Überrascht sahen wir uns an.
„Womöglich steht der Mann schon auf der Fahndungsliste, nachdem Pastot nicht von ihm erfuhr. Vielleicht will sich dieser Deputierter seiner erledigen. Ohne Krankenhauspapiere können Sie mit seiner Verwundung in Teufels Küche kommen, falls man Sie anhält. Haben Sie eine Möglichkeit, ihn schwarz über die Grenze zu bringen? Sie und ich müssen diesen Mann unbedingt unbehelligt in Paris haben."
Befriedigt erfuhr er, daß wir einen Weg kennen würden.
„Wo wollen Sie in Paris wohnen?"
„Darüber machten wir uns noch keine Gedanken.
"Sie wohnen alle bei mir. Ich habe ein großes Haus. Bringen Sie bitte auch Ihre Schwester und Ihren Schwager mit. Wir brauchen jede Aussage."
Anschließend erhielten wir seine Adresse.
„Wir entwickeln uns zu illegalen Grenzgängern. Könnte unser nächster Job werden," mokierte sich Marcel.
„Ist ein Transport mit seiner Wunde morgen möglich?", fragte ich Hellmut.
„Je eher er in Behandlung kommt, desto besser."
„Dann starten wir morgen früh."
Marcel bestand darauf, den Grenzübergang zu übernehmen: „Der Kerl kann laufen und kennt die Wirkung meiner Pistole. Es ist ja kein weiter Weg und wir treffen uns an der Wirtschaft, die ich Dir zeigte."
„Meint Ihr, daß er sein Zimmer im Hotel bezahlte. Außerdem kann ich mir nicht vorstellen, daß er von dort hierher die ganze Strecke zu Fuß lief," erinnerte uns Mariella in ihrer praktischen Art an eine Tatsache, die wir nicht bedacht hatten.
Auf dem Wege der Bezahlung sahen wir ein Fahrrad an den Zaun des nächstgelegenen Hauses gelehnt. Damit konnte er gekommen sein.

Dem Wirt teilten wir mit, unser Freund musste plötzlich abreisen und uns daher gebeten hatte, das Zimmer zu bezahlen.
Ob es eine vergnügliche Wiedersehensfeier war, wollte der Wirt noch wissen.
Treffend antwortete ihm Marcel: „Recht turbulent am Schluß.“

Der illegale Grenzübergang ging problemlos vonstatten, da zu ihrem Vorteil durch heftige Regenschauer vermutlich keine Kontrolle stattfand. Kurz vor Mittag kamen wir in Paris an und wurden ungemein freundlich von Besinet empfangen.
Er bot uns nach unserer Reise Sandwiches und Getränke mit der Bemerkung an, am Abend gäbe es ein Festessen.
Noch war uns keineswegs festlich zu Mute, aber bereits bei seinen nächsten Worten begriffen, wir; dieser alte Herr hatte die Anklage gegen Pastot professionell vorbereitet. Wir atmeten erleichtert auf, als wir erfuhren, daß er einen Staranwalt für die Anklage verpflichten konnte. Schließlich ginge es um einen in der Öffentlichkeit bekannten Mann und um viel Geld. Das hätte den Anwalt aus zwei Gründen gereizt. Der bezahlte Mordanschlag allein würde allein nicht genügen, um Pastot's Stellung zu erschüttern. Mit seinen Verbindungen könnte er den Killer trotz der Zeugen als geistig gestört erklären lassen, da der Mord nicht stattfand. Allerdings würde eine Veröffentlichung dieser Tatsache bereits sein Image ankratzen..
Nun aber käme hinzu, was er über dessen Geschäftsgebahren beweiskräftig vorlegen könnte. Handel mit Terroristengruppen jeder Art. Automatisch belasten die Beweise auch die jetzigen Direktoren der Waffenfabrik. Sie waschen ihre Hände in Unschuld, wissen von nichts und werden Pastot anklagen, sie betrogen zu haben.
Jedenfalls muß jetzt alles schnell gehen. Dafür habe ich bereits für heute Nachmittag alles vorbereitet.
Um 17 Uhr besucht uns der Staranwalt mit einem Notar, der alle Aussagen beurkunden wird.

Zu unserem Diner lud ich den Chefredakteur unserer führenden Zeitung ein, dem ich die Beweise vorlege, damit er schon morgen früh die Bombe hochgehen läßt.
Noch etwas veranlaßte ich. Der zuständige Staatsanwalt wird gleichfalls unser Gast sein. Mit dem vorliegendenden Beweismaterial erhoffe ich von ihm, daß er rechtzeitig die richtige Entscheidung trifft."
„Welche?"
Lieber Roland, so darf ich Sie doch als Freund der Familie ansprechen, er muß Claude Pastot am frühen Morgen verhaften lassen, bevor der Zeitungsartikel erscheint. Sonst kann dieser gerissene Mann mit seinen Verbindungen zu Terroristen überall untertauchen.."

Pünktlich erschien der Staranwalt. Er hatte eine gedrungene Gestalt und sah auf den ersten Blick eigentlich harmlos aus, bis ich bemerkte, daß er uns mit den wachsamen Augen eines Terriers musterte. Kurz darauf kam der Notar. Ein jovialer, gut gekleideter Herr, der einen selbstsicheren Eindruck vermittelte.
Aufmerksam hörten sie sich an, was wir und Besinet ihnen offen schilderten.
Der messerscharfe Verstand des Staranwaltes zeigte sich sofort:
„Alles schön und gut, aber wie will der vermutliche Killer seine Schusswunde der Jury erklären?"
„Unglücksfall beim Waffenreinigen."
„So, so. Wenn ich der Verteidiger von Pastot wäre, ließe ich sofort die Wunde von einem Experten untersuchen und der würde feststellen, daß es sich um einen glatten Durchschuß handelt und nicht durch einen Schuß von unten beim Waffenreinigen. Bringen Sie den Mann schnell ins Krankenhaus und nicht vor die Jury. Sollte diese es als notwendig erachten, kann sie sich dort die Aussage noch einmal bestätigen lassen.."

Die nächste Stunde verging damit, daß alle Aussagen von dem Notar rechtskräftig festgehalten wurden. Wie ein

Lamm gestand unser Killer alles ein und unterschrieb. Er beklagte, wieder ziemliche Schmerzen zu haben und bat, ihn in ein Krankenhaus zu bringen:
„Dort kann ich überleben. Pastot hätte mich ohne Sie umgebracht,“ bedankte er sich bei mir.
Erstaunliche Worte für diesen hartgesottenen Burschen. Mein Schwager lieferte ihn mit Marcel in einem Krankenhaus ab.

Bevor der Chefredakteur eintraf, lieferte uns der Staranwalt noch ein Beispiel seines nüchternen Verstandes, das uns die Sprache verschlug.
„Um noch einmal auf ihre Anklage gegen Pastot zurückzukommen, kann ein gerissener Anwalt diese so zerpflücken, daß dieser unter Umständen frei kommt.
Sie, Marcel, haben den Killer angeschossen, einen harmlosen Spaziergänger, der in Oldenburg zu Besuch war, um mit alten Schulfreunden zu feiern. Der Gastwirt könnte das sogar unter Eid bestätigen, weil es ihm von ihnen erzählt wurde.“
„Wir haben die beglaubigte Aussage des Killers!“ warf Marcel ein.
„Die Ihnen wenig nützen wird. Ich will Ihnen andeuten, warum.
Sobald dieser von einer Wendung des Prozesses zu Gunsten von Pastot erfährt – und er wird es aus den Medien erfahren – dann widerruft er aus Angst vor Pastot seine Aussage mit der Begründung, er hätte wegen der Wundschmerzen nicht klar nachdenken können. Theoretisch kann er Sie sogar für versuchten Mord anklagen.“
Als er unsere entsetzten Blicke sah, beruhigte er uns fast väterlich: „Ich wollte Ihnen nur darstellen, wie ein Prozess auch völlig anders verlaufen kann, als Sie sich das vorstellen. Bei meiner geschilderten Version ist sogar eine Anklage gegen Sie möglich.
Beruhigen Sie sich jedoch.
Wir haben das Glück, Ihren Fall mit den mir vorliegenden Unterlagen von Herrn Besinet zu verbinden. Das ist bei

den Geschworenen in einer Zeit wiederholter Terroranschläge der wichtigste Punkt."
Zu mir sich wendend, fuhr er fort: „zumal Sie der Jury berichten können, wie er Ihren Vater erpressen wollte mitzumachen, ihn dadurch in den Tod trieb, durch die Entnahme seines Gesellschafterkapitals Ihre Firma in den Ruin trieb und Sie durch die Beschlagnahme Ihres Hauses sozusagen zu einem Obdachlosen machte.
Erdrückende Beweise genug, um Pastot ins Gefängnis zu bringen.
Wenn er verurteilt wird, was ich nicht bezweifle, werde ich die entsprechende Entschädigung für Ihre Schwester und Sie verlangen. Im Zuge seiner Verhaftung müssen selbstverständlich seine Konten sofort eingefroren werden."
Er hatte gerade seinen letzten Satz beendet, als die Haushälterin den Staatsanwalt mit dem Chefredakteur in den Salon führte.
Nachdem wir gegenseitig vorgestellt waren, sah Besinet den Staatsanwalt mit einem schelmischen Lächeln an: „Da ich Ihre Vorliebe für Fasan und Sauerkraut kenne, können Sie das heute genießen."
Besinet weiß, wie man mit Menschen umgeht, dachte ich.
Beim Diner fragte uns abwechselnd der Staatsanwalt und der Chefredakteur über die Ereignisse aus. Mariella erzählte ihre Flucht vor Pastot, was den Chefredakteur zu der Bemerkung veranlaßte, daß sie rechtzeitig die Reißleine zog.
„Das sagen Sie jetzt, nachdem alles vorbei ist. Mein Leben wäre zerstört, wenn der von Pastot angeworbene Killer die Tat ausgeführt hätte."
Von Besinet instruiert, tat sie so, als ob dieser seinen Auftrag nicht ausführen wollte.
Beim Mocca kam unser Gastgeber zur Sache.
Er fragte den Staatsanwalt, ob er aufgrund der übergebenen Beweise den Haftbefehl für Pastot erteilen würde.
Dieser zuckte zusammen: „Er ist Deputierter in der Kammer. Sollte etwas schief laufen, komme ich in Schwierigkeiten. Was ist Ihre Meinung?" wandte er sich an den Staranwalt und bekam die nüchterne Antwort:

„Sie dürften eigentlich aus Erfahrung wissen, daß kaum ein Fall, den ich übernahm, schief lief.“
Es war Marcel, der in seiner Art eine Bemerkung machte, die den Staatsanwalt so erschrecken ließ, daß er dem Haftbefehl zustimmte.
„Sehr geehrter Herr Staatsanwalt, was machen Sie, wenn ein von Pastot bezahlter Terrorist Sie mit einer Bombe in Ihrem Auto hochgehen lässt?“
Sowohl der Staranwalt wie der Chefredakteur genossen diesen Einwurf.
Besinet wandte sich an den Chefredakteur: „Dieser letzte Wortwechsel ist nicht für die Presse geeignet. Sie bekommen von mir einen aufregenden Fall, den Sie aufgrund der Fakten ausnützen können, bevor Ihre Konkurrenz davon Wind bekommt.“

Bereits am frühen Morgen wurde Claude Pastot verhaftet. Bei der Durchsuchung der Wohnung fand man ihn belastende Dokumente, die er in der Selbstsicherheit seiner Stellung nicht beiseite geschafft hatte.
Der spektakuläre Zeitungsartikel erschien und damit saß Pastot in der Falle.
Sein Anwalt versuchte ihn gegen eine hohe Kaution frei zu bekommen. Dieser Antrag wurde wegen seiner Verbindung zu Terroristen abgelehnt, weil Fluchtgefahr bestand.
Kaum hatten wir gemeinsam gefrühstückt, als zwei der führenden Direktoren der Waffenfabrik bei Besinet erschienen.
Es wäre unerhört, daß er als ehemaliges Vorstandsmitglied den Ruf des Unternehmens schädigte, griffen sie ihn an.
Besinet lächelte: „Sie scheinen die Situation, in der Sie stecken, noch nicht begriffen zu haben, meine Herren.“
„Pastot betrug uns mit falschen Angaben!“ erregte sich einer von ihnen.
„Erzählen Sie das Ihrem Kindermädchen. Sie haben mitgemacht, weil Sie dabei das große Geld verdienten. Nachweisbar, bitte schön. Nicht ich, Sie schädigten das Unternehmen.“
Die beiden Direktoren sahen ihn bleich geworden an.

Was Besinet ihnen jetzt sagte, ist mir unvergesslich geblieben. Worte eines der wenigen anständigen Menschen, die ich in meinem Leben kennenlernte.
„Meine Herren, in meinem Alter bin ich nicht mehr daran interessiert, anderen Menschen weh zu tun. Im Gegenteil. Zu meiner eigenen Beruhigung versuche ich Verfehlten Brücken zu bauen über die sie gehen können, ohne ihr Gesicht zu verlieren.
Allerdings in der Hoffnung, daß sie in ihrem späteren Leben diese Lehre begreifen.
Und somit komme ich auf unseren Fall mit folgendem Vorschlag zurück:
Ihr Unternehmen zahlt die teuren Anwaltskosten, um sich von dem Verdacht der Mittäterschaft frei zu schaufeln.“
„Selbstverständlich sind wir damit einverstanden!“ riefen beide gleichzeitig.
Wieder lächelte Besinet: „Dann wollen wir das sogleich mit Ihren Unterschriften besiegeln.“
„Dürfen wir erfahren, wie Sie auf die Waffenverkäufe aufmerksam wurden?“
fragte einer der Direktoren kleinlaut.
“Dürfen Sie.“ Besinet zeigte auf mich: „Dieser junge Herr erlebte mit, wie Pastot seinen Vater mit diesem Waffenhandel erpressen wollte.
Als dieser den Vorschlag konsequent ablehnte, drohte ihm Pastot, die Firma in den Ruin zu treiben, was er dann auch getan hat.
Nach diesem Gespräch rief mich Roland's Vater aufgebracht an und berichtete mir alles. Wie Sie wissen, überlebte er tragischerweise diese Aufregung nicht.
Mir jedoch gab mein alter Freund damit den entscheidenden Hinweis.
In aller Stille untersuchte ich die Buchungsunterlagen der Fabrik und fand die verschlossen gehaltenen getürkten Rechnungen.“
„Davon wußte nur eine Sekretärin etwas!“
„Stimmt. Nur Sie wußten nicht, dass diese Sekretärin ein Patenkind von mir ist. Sobald sie hörte, um was es ging, lie-

ferte sie mir erschrocken alles aus, zumal sie nicht wußte, warum sie die Papiere auf Ihren Befehl verschlossen halten sollte.
So klein ist die Welt.
Ich erwarte nun von Ihnen, daß Sie sich meinem Patenkind gegenüber dankbar verhalten. Ihrer Mithilfe können Sie verdanken, daß ein Skandal an Ihnen und dem Unternehmen glimpflich verläuft."
„Selbstverständlich, Herr Besinet. Wir geben ihr eine Abteilung als Prokuristin."
Einer der Direktoren fragte ihn nun, ob sie ihn als Präses in den Verwaltungsrat wählen dürften.
Besinet winkte ab.
„Würden Sie uns wenigstens als Berater zur Verfügung stehen?"
„Ja," kam die klare Antwort, „aber machen Sie sich darauf gefaßt, meine Herren, daß ich Ihnen unter Umständen sehr unangenehme Fragen stelle."
„Wir bitten darum. Einen weiteren Skandal können wir uns nicht leisten."
Mühsam unterdrückte ich ein Lachen bei der Antwort.

Auf diese Weise bekam ich mit, wie es in der Welt der großen Manager zugeht. Ein erfreulicher Gedanke war es nicht und diese Erkenntnis sollte mein späteres Leben verändern.

Uns allen war klar, daß der Prozess lange dauern könnte. Mariella und mein Schwager fuhren nach Oldenburg zurück. Sobald man sie brauchte, mußten sie wiederkommen.
Besinet bot Marcel und mir an, bei ihm zu bleiben. Als Witwer wäre er froh, uns bei sich zu haben..
Erstaunlicherweise schaffte es unser Staranwalt, daß nach einem halben Jahr das Urteil gefällt wurde. Die Fakten waren zu erdrückend. Pastot erhielt eine jahrzehntelange Gefängnisstrafe und mußte uns voll entschädigen.
Der Versuch seines Anwalts, das Urteil zu revidieren, schlug fehl.

Um uns zu beschäftigen, fuhren wir über Marcel's Verbindungen wieder Transporte aus. Ab und an besuchten wir Janine mit Besinet, der die abendliche Abwechslung in ihrem Bistro Spaß machte.
Während dieser Zeit erfuhren wir, daß der Killer im Krankenhaus an der Schulter operiert, eines Tages erneut eingeliefert worden war und zwei Wochen später verstarb.
„Das war ein glatter Durchschuß! Wie ist das möglich?" regte sich Marcel auf.
„Irgendetwas muß verkehrt gelaufen sein," meinte Besinet in seiner nüchternen Art: „Vielleicht bekomme ich es heraus. Ich kenne den Professor."
Er erhielt eine Antwort, der er nicht traute: „Auch die Herren Doktoren halten untereinander dicht. Angeblich ist die Wunde so verschmutzt gewesen, daß sich Bakterien über den Körper ausbreiteten, die zum Tode führten. Seine Wunde wurde jedoch von Schwestern gesäubert und verbunden. Er selber konnte das nicht. Ich vermute, daß bei der Operation nicht alles steril war. Sinnlos, darüber nachzudenken. Es ist passiert."
„Immerhin half er uns, Pastot dingfest zu machen," warf ich ein.
„Das bleibt wahrscheinlich die einzige positive Tat in seinem Leben und die nur dadurch, daß Sie ihm dazu verholfen haben, Roland," stellte Besinet kühl fest.
„Verrücktes Leben," sagte Marcel, „da bringt ein Killer einen Verbrecher in das Gefängnis."

Nach einem Jahr erhielten wir die Entschädigungssumme.
„Damit bist Du erst einmal aus allen Problemen für die nächste Zeit heraus. Komm' , wir feiern das bei Janine," forderte mich Marcel auf. Wie der Wandel in meinem Gehirn vonstatten ginge, erinnere ich nicht.
Undeutlich weiß ich, jäh die Nase voll gehabt zu haben von Menschen wie der Killer, Pastot, den Fabrikmanagern, den Doktoren.
Ich betrank mich so, daß Marcel Mühe hatte, mich nach Hause zu bringen. Seit dieser Besäufnis kam es dazu, daß

ich mich betrinke, wenn ich an irgendwelchen Menschen verzweifle, was allerdings mehr quartalsweise geschieht. Vielleicht hätte ich mich wieder gefangen, wenn mir nicht Marcel zwei Tage später eröffnete, er wolle für immer in Paris bleiben. Dort fühlte er sich zu Hause. Ob ich ihm böse sei?

Ich überwand den Schock: „Nein, Marcel, ich verstehe Dich und Du wirst begreifen, daß es mich in die Nähe meiner Schwester zieht, um den Erinnerungen hier zu entfliehen. Damit Du überleben kannst, darfst Du den Transporter behalten. Er läuft ohnehin auf Deinen Namen."

„Roland!"

„Ruhig! Ich kann mir einen anderen kaufen, wenn ich will."

„Wann willst Du Paris verlassen?"

„Morgen, Marcel. Ich werde Dich vermissen."

„Ich Dich auch. Janine besorgte mir eine Wohnung. Über sie kannst Du mich immer finden."

Besinet hatte meinen Zusammenbruch natürlich mitbekommen.

„Ein Ausrutscher, Roland?" neckte er mich. „Bleib' so, wie Du bist,"

umarmte er mich beim Abschied. „Du kannst jederzeit hierher zurückkommen".

Auf Wanderung

In der letzten Pariser Nacht wachte ich mehrmals unruhig auf. Nach den Abschieden fühlte ich mich innerlich leer. Gequält von Erinnerungen wußte ich nicht, wie es weitergehen sollte. Eine geregelte Arbeit erschien mir gegenwärtig wie ein Albtraum.

Nur so ist es zu verstehen, daß ich einen absurden Gedanken faßte. Ich beschloß, wie ein Tippelbruder zu Fuß nach Oldenburg zu wandern. Zeitlos, ohne Verpflichtungen. Ein Rucksack mit den notwendigsten Sachen zum Wechseln

und ein Schlafsack reichten aus. Hinzu kam noch die günstige Jahreszeit. „Ende April“ war es wärmer geworden.
Vor meiner Wanderung rief ich Mariella an. Um jeder Diskussion zu entgehen, teilte ich ihr mit, einige Monate mit einem Auftrag unterwegs zu sein, über den ich nicht sprechen dürfte. Wenn alles geplant verliefe, „träfe“ ich im Herbst in Oldenburg ein.
Bei diesem Gespräch erfuhr ich von der glücklichen Geburt ihrer Tochter, die sie nach unserer Mutter „Isabel“ nennen wollten. Ich sollte Patenonkel werden.
Von Besinet hatte ich mich abends verabschiedet. Um 4 Uhr morgens verließ ich das Haus. Leise fiel die Tür hinter mir in das Schloß. Das Gefühl, einem Abenteuer entgegenzugehen, beruhigte mich. Als letzten Luxus, den ich mir leistete, nahm ich die Metro bis zum äußersten Randbezirk von Paris, um dem Straßenpflaster der Stadt zu entgehen.
In den ersten Tagen blieben mir die Blasen an den Füßen nicht erspart, aber sehr bald lief ich mich ein.
Als Ernährung dienten mir die knusprigen Baguette-Brote, die es bei jedem Bäcker gab, Käse, Wurst, Schinken und einfacher Landwein.
Selten nahm ich ein größeres Mahl ein, weil es müde machte.
Wurde das Wetter schlecht, suchte ich bei Bauern unterzukommen, oder in Privatquartieren. Bei gutem Wetter ruhte ich in meinem Schlafsack an Stellen, die mir gefielen.
Die ausgesuchte Route führte von Frankreich über Belgien und Holland.
Wochen vergingen, bevor ich belgischen Boden betrat.
Schließlich landete ich in Brügge. Bevor ich fortging, fragte mich die Wirtin, warum ich meinen Rucksack mitschleppen würde.
„Unterwegs kaufe ich mir das ein, was ich am Tag essen will. Eine Einkehr in Gasthäuser hält da nur auf und dazu brauche ich ihn.“
Das leuchtete ihr ein.
Nach einem anregenden Tag kehrte ich abends zu ihr zurück: „Sie leben in einer wunderschönen Stadt, Madame.“

Sie strahlte zufrieden.
Am nächsten Tag entdeckte ich in der Nähe meiner Unterkunft einen hübschen, kleinen Park. An einer Seite führte ein Kanal vorbei, an der gegenüberliegenden Seite eine Straße. Davor war im Park ein Kinderspielplatz. Die Sonne schien. Hungrig geworden setzte ich mich auf eine Parkbank. Die Büsche davor ließen mir einen kleinen Durchblick zum Spielplatz frei.
Ich sah eine Mutter mit einem etwa fünfjährigen Mädchen ankommen, das sich scheinbar weigerte, mit ihrer Mutter einkaufen zu gehen. Sie wollte spielen. Die Mutter gab nach. Ich hörte, wie sie ihrer Tochter zurief: „Du bleibst auf dem Platz und gehst keinen Schritt auf die Straße!“
Mein Dasein hatte sie durch die Büsche nicht bemerkt.
Kaum war sie fortgegangen, als ein Wagen an der Straße anhielt.
Mich überfiel das Gefühl einer drohenden Gefahr, als ich den Fahrer aus dem geöffneten Fenster das Kind beobachten sah.
Plötzlich stieg der Mann aus und ging zu der Kleinen, mit der ein Gespräch anfing. Als er ihr mit einer zärtlichen Geste über den Kopf strich, ahnte ich, was er vorhatte. Zu meinem Schrecken nahm er sie an die Hand, die sie ihm nicht verweigerte und wollte mit ihr zu seinem Wagen gehen.
Ich sprang auf, lief zu den beiden und schrie ihn an, sofort das Kind loszulassen. Vor Wut wollte er mir einen Faustschlag versetzen, dem ich mühelos auswich und ihm einen gezielten Tritt zwischen die Beine versetzte, der ihn vor Schmerzen aufschreien ließ.
Er begriff seine aussichtslose Position, flüchtete humpelnd zu seinem Auto und fuhr mit aufheulendem Motor davon.
Ich merkte mir sein Nummernschild.
Ohne Mühe hätte ich ihn kampfunfähig machen können, bis sich jemand fand, der die Polizei rief.
Ich tat es nicht, um dem Kind eine weitere Erfahrung zu ersparen, zumal man ihn über das Kennzeichen vielleicht aufspüren konnte.

Wenig später kam die Mutter zurück. Heulend lief ihre Tochter auf sie zu: „Ein netter Herr wollte mir Bonbons kaufen und dieser böse Mann,“ zeigte sie auf mich, „hat ihn schlimm getreten. Dann ist der Herr fortgefahren.“
Erschrocken wollte die Mutter von mir wissen, was geschehen war.
Nachdem ich ihr den Vorfall geschildert hatte, warf sie der Kleinen erregt vor: „Ich habe Dir doch verboten, mit irgendeinem Fremden fortzugehen.“
Mit Tränen in den Augen wandte sie sich an mich: „Wie kann ich mich bei Ihnen bedanken, daß sie meine Daniela vor einem Kinderschänder bewahrten?“
„Bedanken Sie sich nicht bei mir, Madame, sondern bei dem dort oben im Himmel, der unsere Schicksale in den Händen hält.“
„Sie sind ein bemerkenswerter Mann.“
„Oh, nein, nur einer von vielen, der allerdings versucht, nachzudenken. Oft hilft es nicht. Heute half es glücklicherweise.“
Nachdenklich sah sie mich an: „Sie sehen nicht so aus, als ob Sie zu den Begüterten dieser Welt gehören und Hunger haben.“
Ich lachte: „Der Verbrecher störte mich in dem Augenblick, als ich frühstücken wollte.“
„Dann lade ich Sie jetzt in ein Restaurant hier in der Nähe ein!“
sagte sie so bestimmt, daß ich es nicht ablehnen mochte.
Nach dem Essen verlangte das Mädchen quängelnd von ihrer Mutter ein Eis.
„Heute bekommst Du kein Eis, weil Du nicht gehorcht hast!“
Die Kleine fing an zu schluchzen.
„Wenn ich Ihnen einen Rat geben darf, Madame, spendieren Sie Ihrer Tochter ein Eis, aber machen sie ihr heute Abend unter dem Eindruck des Erlebten offen klar, warum sie niemals einem Unbekannten folgen darf, weil er „sie“ umbringen könnte.“
„Sie ist zu jung dafür.“

„Sie täuschen sich. Kinder begreifen manches noch schneller als wir."
Daniella hatte vergnügt ihr Eis ausgelöffelt und blickte mich an:
„Erst dachte ich, Du bist der böse Mann, aber der andere war der böse Mann."
„Verstehen Sie jetzt meinen guten Rat?" wandte ich mich an die Mutter.
Ich gab ihr die Autonummer und die Adresse von Mariella an: „Sie sollten der Polizei den Vorfall melden."
Danach verabschiedeten wir uns voneinander.
Da ich später nichts über eine Verhaftung dieses Mannes hörte, nehme ich an, daß die Mutter den Vorfall ihrem Mann verschwieg, um dem Vorwurf zu entgehen, das Kind allein gelassen zu haben und nicht den Mut besaß, weiteres Unheil zu verhüten.

Nach dem Essen setzte ich mich wieder auf die Bank im Park.
Was in mir vorging weiß ich eigentlich nicht. Jedenfalls übermannte mich der Ekel, wieder einem Verbrecher begegnet zu sein so stark, daß ich mich mit einer Flasche Genever betrank und dann unter den Büschen des Parks in meinen Schlafsack kroch.
Im Morgengrauen weckte mich der Fußtritt eines Polizisten. Er wollte meine Papiere sehen und wissen, wo ich wohnte.
„Nicht weit von hier," murmelte ich noch benommen.
„Das kann jeder sagen. Dann gehen wir beide dorthin."
Meine Wirtin machte die Tür auf und erschrak, als sie mich mit dem Polizisten sah.
„Wohnt dieser Mann hier?"
„Ja, aber letzte Nacht ist er nicht zurückgekommen. Hat er' was verbrochen?"
„Er lag betrunken im Park unter einem Busch. In einem öffentlichen Park!" empörte sich der Polizist.
Nachdem er erfuhr, daß meine Aussage stimmte, verließ er mich unbehelligt.

„Warum sind Sie heute Nacht nicht zurückgekommen?“ wollte meine Wirtin wissen.
„Um Ihnen den Anblick eines Betrunkenen zu ersparen.“
„Und weshalb griffen Sie zur Flasche?“
Ich erzählte ihr, was vorgefallen war und mich nach solchen Erfahrungen der Ekel vor solchen Verbrechern packte.
„Ich habe mich nicht in Ihnen getäuscht. Sie retteten das Mädel vor einem Unhold. Jetzt gehen Sie schnell ins Bett und schlafen sich aus. Heute Abend sind Sie bei mir zu einem Rinderbraten eingeladen,“ schlug sie in mütterlicher Fürsorge vor.
Ich bin ein wenig traurig, daß Sie mich verlassen, sagte mir die Wirtin beim Abschied am nächsten Tag. Das kam so rührend heraus, daß ich sie umarmte.

Die nächste Zeit wurde eine anregende Wanderung durch die geschichtsträchtigen Städte in Belgien und Holland. Gemächlich genoss ich in aller Ruhe die wechselnden Landschaften, die Blumenfelder, von unangenehmen Ereignissen verschont.
Im Oktober kam ich in Oldenburg an.
Freudig empfing mich Mariella mit der 6 Monatc alten Isabel im Arm, die mich anlächelte, als ich ihr einen freundschaftlichen Stubs auf ihr Näschen gab.
„Hellmut kommt bald. Er hat viel zu tun, denn unsere Praxis läuft recht gut,“ erfuhr ich.
„Wo hast Du denn Dein Auto gelassen?“
„Ich besitze kein Auto.“
„Ach, dann bist Du mit der Bahn gekommen?“
„Nein, zu Fuß.“
„Höre ich richtig? Von wo bist Du zu Fuß gekommen?“
„Von Paris.“
Sprachlos sah sie mich an: „Machst Du einen Witz? Du warst doch mit einem geheimen Auftrag unterwegs.“
„Den ich mir selber gab, Mariella. Ich wollte einmal ungestört von Paris hierher tippeln.“
Voller Sorge wollte sie von mir wissen, ob mich irgendwelche Probleme bedrückten.

In diesem Moment erschien mein Schwager, dem sie aufgeregt unser Gespräch mitteilte, der genauso verblüfft reagierte.
„Dein Marsch dürfte ziemlich einmalig sein."
„Weiß ich nicht. Für mich lohnten sich die Strapazen. Jedenfalls nahm ich mir die Zeit, mich geschichtlich zu bilden."
Bis nach dem Abendbrot bedrängten sie mich nicht mit weiteren Fragen.
Hinterher stellte ich fest, daß mein Schwager zu den seltenen Ärzten mit einem feinen Einfühlungsvermögen für Menschen gehörte, mit denen er zu tun hatte.
„Wir wunderten uns, daß Du die gesamte Entschädigungssumme von Pastot auf Mariella's Konto überwiesen hast, obwohl Du seit Monaten ohne Beschäftigung und mit vermutlich wenig Geld auf Deiner Rucksack-Reise warst. Es muß einen Grund dafür geben, daß Du Dein Leben so verändertest. Sprich' Dich bitte aus."
Mir war bewußt, Ihnen nichts verschweigen zu können und so begann ich, zu erzählen:
„Vorweg möchte ich Euch sagen, daß ich immer zu Euch zurückkomme, wenn ich nicht mehr weiter weiß. Nun zu dem Grund meiner jetzigen Lebenseinstellung."
Ich berichtete ihnen mein Erlebnis in Brügge.
„Diese Geschichte mit dem Mädchen, Pastot, der Killer, die Manager, die ich kennenlernte, das alles sind Menschen, mit denen ich nichts mehr unmittelbar zu tun haben will. In jedem Job würde ich wieder auf solche Leute treffen, die mich zur Verzweiflung bringen. Lieber bleibe ich ein unscheinbares Nichts."
„Willst Du wirklich ein Tippelbruder oder Obdachloser bleiben?" fragte mich mein Schwager behutsam.
„Warum soll ich mich nach den vergangenen Erfahrungen wieder bei denen einreihen, die mit Handy und Laptop durch die Gegend flitzen, betrügen, weil nur ihr eigener Vorteil zählt? Vielleicht kann ich selbst als ein Obdachloser anderen nützlicher sein, als hohe Vorstandsherren."

„Es ist Dein Leben,“ antwortete mein Schwager einfühlsam. „Als Arzt schlage ich meinen Patienten vor, sie sollen das tun, was sie innerlich beruhigt. Wenn Dich dieses Problem quält, mußt Du Deinem Entschluß folgen. Du weißt ja, wo wir zu finden sind.“
„Hättest Du mich eigentlich nicht zu einem Psychiater schicken müssen?`“ neckte ich ihn.
„Darüber habe ich eine eigene Meinung. Viele, die ich kennenlernte, brauchen selber einen, aber das sag’ bitte nicht weiter. Über uns Ärzte gibt es auch einen Spruch; zum Arzt zu gehen, das hält selbst ein Gesunder nicht aus.“

Nach zwei erholsamen Tagen brachte der Postbote einen an mich gerichteten Brief. Er kam von einem Pariser Anwalt.
Der Inhalt war ein anderer Schlag für uns alle.
Besinet war an einem Herzversagen verstorben.
Testamentarisch hatte er mir eine zweistellige Summe mit der Bemerkung vermacht: „Für Roland im Gedenken an seinen Vater, meinen lieben Freund.“
„Das Geld zahlst Du auf ein Sparbuch für Isabel ein.“
„Du brauchst das Geld,“ wehrte meine Schwester ab.
„Ich brauche nur das Notwendigste. Je mehr Geld ich bei mir trage, je mehr kann mir gestohlen werden.“

Die Trauer über den Verlust von Besinet überfiel mich wie ein Sturzbach.
„Entschuldigt bitte, ich muß an die frische Luft.“
Verständnisvoll hielten sie mich nicht auf.
Unwillkürlich führte mich der Weg zum großen Gasthaus, wo ich mich betrank. Der Wirt mußte sich um mich Sorgen gemacht haben, denn am späten Nachmittag holte mich mein Schwager ab, den er angerufen hatte.
Ohne jeden Vorwurf brachten sie mich zu Bett.
Auf diese Weise erfuhren die beiden meine gelegentlichen Zusammenbrüche.
Vorsichtig machte mir mein Schwager zwei Tage später einen Vorschlag.

„Meinst Du nicht, daß Du gegenwärtig am Besten über alles hinwegkommst, wenn Du eine Beschäftigung findest, bei der gebraucht wird, was Du kannst.?“
„Selbstverteidigung und Waffenkenntnis. So einen Job dürfte es kaum geben.“
„Doch, Roland. Zufällig fand ich in der Sonnabend-Zeitung eine Annonce, in der genau das gesucht wird,“ reichte er mir das Blatt herüber.
Eine Geldtransportfirma suchte für ihre gepanzerten Transportfahrzeuge Fahrer und Beifahrer. Nachweis über Selbstverteidigungslehrgänge und Waffenkenntnis waren Voraussetzung.
Im Grund genommen ein passende Aufgabe für mich.
Eigentlich mehr, um Mariella und Hellmut nicht zu enttäuschen, schickte ich dieser Firma ziemlich lustlos einen so kurzen Lebenslauf, daß eine Ablehnung zu erwarten war.
Ich täuschte mich. Sehr bald kam die Einladung zu einem Vorstellungsgespräch in Hamburg.
Das Wartezimmer war voll. Wenn ich richtig gezählt habe, stellten sich außer mir noch 19 Leute aus der Bundeswehr vor.
Zwar besaß ich einen deutschen Ausweis, war jedoch der einzige gebürtige Ausländer. Ich rechnete mir nicht die geringste Chance aus, nachdem ich erfuhr, daß noch nie ein Ausländer eingestellt wurde und die Geldtransporte im Auftrage der Landeszentralbank ausgeführt wurden.
Man rief uns einzeln auf. Als ich an der Reihe war, führte man mich in ein Waffenzimmer. Auf dem Tisch lagen etliche auseinandergenommene Pistolen „und“ verschiedene Munition. Ich sollte zusammensuchen, was zusammengehörte. Die Zeit wurde gestoppt.
In meinem Lebenslauf hatte ich nicht erwähnt, sozusagen mit Waffen aufgewachsen zu sein.
Ich erfüllte diese Aufgabe so schnell, daß der Instrukteur überrascht ausrief: „Unglaublich, in dieser Geschwindigkeit brachte das noch keiner fertig.“
Eine Kampfprobe verlief gleichfalls zu meinen Gunsten.

Die Firma stellte mich ein. Als Begleiter teilten sie mir Fred zu. Ein kräftiger, gutmütiger Bursche, mit dem ich mich gleich gut verstand.

Mit Pistole unterwegs

Bereits einen Tag später stiegen wir beide durch kugelsichere Westen geschützt und mit einer 357er Magnum Pistole bestückt unser gepanzertes Fahrzeug.
Unsere Fahrten führten zu Bankhäusern und großen Kaufhäusern in Schleswig-Holstein und Hamburg. Wir empfingen dort die Gelder in Koffern, die wir bei der Landeszentralbank ablieferten.
Manchmal war es recht anstrengend, aber es machte uns Spaß. Anstrengend deshalb, weil jede Fahrt nach einem Zeitplan ablief, der genau eingehalten werden musste. Wo immer wir ankamen, verlangte man unsere Meldung. Eine Verspätung hätte sofort Alarm und die Suche nach uns ausgelöst.
Der Zeitplan änderte sich ständig, um geplante Überfälle von bewaffneten Gangstern zu erschweren. Immerhin beförderten wir in unseren Koffern oft mehr als DM 500.000. verlockende Summen.
Monatelang gingen unsere Fahrten ohne besondere Vorkommnisse vonstatten, aber oft ist es die Routine, die einen Fehler machen läßt.
An einem Nachmittag sollten wir einen Geldkoffer bei Karstadt abholen. Dieses Mal fuhr Fred. Schon den Feierabend im Sinn ergriff ich den leeren Koffer, um ihn gegen den vollen im Kaufhaus umzutauschen. Durch eine Frage des Geschäftsführers abgelenkt, ergriff ich den nächststehenden Koffer und brachte ihn mit Fred zur Landeszentralbank. In der Bank kam die übliche Kontrolle. Der Koffer wurde geöffnet, um den Inhalt zu überprüfen.
Zu meinem Entsetzen war er leer.

Der volle „Koffer“ stand bei Karstadt, höchstwahrscheinlich ungesichert. Bevor der verduzte Beamte etwas sagte, ergriff ich den Leeren und lief zu Fred.
„Los, ab zu Karstadt!“
Dort stürmte ich in das Zimmer des Geschäftsführers: „Wo ist der Geldkoffer, den ich brachte?“
Unbeaufsichtigt stand er an der Hauptkasse. Jeder hätte ihn entwenden können Verwirrt sah mir der Geschäftsführer nach, als ich wortlos die Koffer wechselte und so schnell verschwand, wie ich gekommen war.
Auf der Rückfahrt zur Bank stellte ich fest, daß ich meinen Sonderausweis für diese dort bei meiner Kofferflucht gelassen hatte. Ohne diesen Ausweis war ein Eintritt unmöglich.
“Versuch' es mit meinem Ausweis,“ versuchte mir Fred zu helfen.
Angekommen übergab ich diesen durch die Klappe dem Wachhabenden, der ihn mit mir verglich.
„Ach, haben Sie plötzlich blonde Haare?“ sagte er spöttisch, „aber das bekommen wir gleich heraus. Warten Sie.“
Wenige Minuten später richteten drei Männer ihre Maschinenpistolen auf mich, als mir der Wachhabende die Tür öffnete.
Natürlich blieb mir nichts anderes übrig, als mein Missgeschick zu berichten.
„Ihre Flucht wurde uns sofort gemeldet,“ grinste mich einer an und überreichte mir meinen Ausweis: „Sie haben mehr als Schwein gehabt, jedoch richtig gehandelt.“
Meine Kofferarie blieb ohne Nachspiel.
Eines Tages gerieten wir in Zeitnot. Mühsam parkte ich in eine enge Lücke vor einer Segeberger Bank ein. Damit vergingen weitere Minuten. Das Auswechseln der Geldkoffer hielt uns weiter auf, weil der zuständige Mann erst gesucht wurde. Ein typischer Fall, bei dem eins zu dem anderen kommt. Von Segeberg mußten wir anschließend nach Lübeck.
Verärgert über die Verspätung „stiegen“ wir wieder in unseren Transporter. Dabei ging wohl das Temperament mit

mir durch. Ich achtete nicht genau auf den Rückspiegel und setzte unser gepanzertes Fahrzeug zu schnell zurück. Mit einem lauten Krach war ich in den hinter mir stehenden Golf aufgefahren. Die hochgeschobene Motorhaube zeigte uns einen vermutlichen Totalschaden an.
Gedrängt durch den Zeitplan blieb uns keine Zeit, diesen Vorfall der Polizei zu melden. Wir waren angewiesen worden, Unfälle der Zentralbank zu melden, die für diese Schäden aufkam. Für die Banker hatte der sichere Erhalt des Geldes Vorrang.
So schob ich zwischen einen Scheibenwischer deren Adresse mit dem Hinweis, diese würde den Schaden regeln.
Nach unserer Rückkehr meldeten wir ihn und waren einigermaßen erstaunt, wie gelassen die Bank und unsere Geldtransportfirma den Vorfall aufnahm.
Zweifellos war ich nicht der einzige Fahrer, der Unfälle verursachte.

Zu unseren Kunden gehörte auch Möbel-Kraft in Segeberg. An einem verkaufsoffenen Sonnabend sollten wir dort Geld abholen. Es wimmelte von Menschen.
Fred mußte bei unserem Wagen als Bewacher der hohen Geldsummen bleiben, die wir schon an anderen Stellen abgeholt hatten.
Mir wurden von Möbel-Kraft DM 80.000 in Rollen verpackt übergeben, die ich auf einem kleinen Wagen aufgrund ihres Gewichtes zu unserem Fahrzeug bringen wollte. Auf dem Weg dorthin kippte der Wagen um. Sämtliche Geldrollen fielen auf den Platz. Sofort bildete sich eine Traube von Neugierigen um das Geld. Einige wollten mir angeblich helfen, aber meine Vorschriften lauteten anders.
Eilig holte ich meine Pistole heraus und scheuchte die Gaffer mit der Drohung beiseite, ich würde auf den schießen, der mir zu nahe käme. Einige schimpften darüber, daß mein Vorgehen unglaublich sei, aber Pistole bleibt Pistole. Sie gehorchten.
Nun kamen auf mich 20 schreckliche Minuten zu. Mit der einen Hand mußte ich die Herumstehenden mit meiner Pis-

tole in Schach halten und mit der anderen Hand mühsam die zahllosen Geldrollen wieder einsammeln. Dabei bleiben mir die spöttischen Bemerkungen der Neugierigen nicht erspart.
Ich war ziemlich geschafft, als das Geld endlich sicher in unserem Wagen lag.
„War ,ne Filmszene, die Du da hingelegt hast," meinte Fred lakonisch.

Wie überall, gab es auch bei uns sonderbare Kollegen.
Eines unserer Fahrzeuge begleitete einer dieser Typen, der nach der Tagesfahrt oft betrunken ausstieg. Bei der letzten angefahrenen Filiale kaufte er sich stets 6 Flaschen Bier.
Das fiel der Geschäftsleitung auf und sie gab eine Anweisung an alle Filialen heraus, uns kein Bier mehr zu verkaufen.
Ahnungslos über das erlassene Verbot verlangte dieser Kollege wie bisher bei der letzten Station sein Bier zu kaufen, was ihm der Filialleiter verweigern mußte.
Aufgebracht holte unser Mann seine Pistole heraus und schrie:
„Entweder ich schieße, oder ich bekomme mein Bier!"
Der Filialleiter begriff den Ernst der Drohung dieses durchgedrehten Kollegen und händigte ihm die Flaschen aus.
Anschließend berichtete er diesen Vorfall unserer Geschäftsleitung.
In Hamburg angekommen empfingen diesen Mitarbeiter zwei Wachhabende, nahmen ihm Pistole und Waffe ab und erklärten ihm seine fristlose Entlassung.
Für uns vergingen einige ruhige Wochen. Durch Polizei, die unsere Transporte in der Stadt oft begleiteten, hörten wir eines Tages, daß sie durch ihre Quellen erfuhr, 8 Gangster planten einen Überfall auf unseren Geldtransporter bei Möbel-Kraft. Natürlich wurde nichts dem Zufall überlassen. 14 Tage begeleitete die Polizei unseren Transport dorthin mit zwei unscheinbaren Privatautos. Um zusätzlich nicht aufzufallen fuhren sie im weiten Abstand vor und hinter uns.

Am ersten Tag nach dieser Warnung wollte ich im Möbelhaus die Koffer auswechseln. Selbstbewußt mit der Pistole und meinen Karatekenntnissen glaubte ich das wie üblich allein tun zu können.
„Nein, mein Guter, zu gefährlich. Zwei meiner Beamten begleiten sie mit ihren Maschinenpistolen. In Ihrer Waffe sind nur 6 Schuss. Da haben Sie keine Chance bei den Ganoven, wenn es sich wirklich um 8 Leute handelt. Mit unserer Deckung kommen wir auf mehr als 50 Schuss. Aber Angst scheinen Sie nicht zu haben," sah mich der Kommissar wohlwollend an.
Sein Argument leuchtete mir ein. Die Übergabe erfolgte ohne Zwischenfall. Bei unserer Weiterfahrt nach Lübeck begleitete die Polizei uns nicht. Sie konzentrierte sich auf die Beobachtung des Möbelhauses.
In Lübeck parkte wieder einer so nah an unserem Wagen, daß ich bei der Abfahrt den Seitenspiegel abriß. Ich meldete den Vorfall unserem Geschäftsführer, der den Schaden gelassen hinnahm.
Was ich nicht wußte war die Erwähnung des Polizeikommissars bei ihm, daß ich ein recht einsatzfreudiger Mann sei.
Damit hatte ich einen Pluspunkt in meiner Firma, der allerdings bald wie Eis in der Sonne dahinschmolz.
Vorher klärte sich noch der geplante Überfall auf. Einem Polizisten fiel bei Möbel-Kraft ein Mann auf, der dort herumstrich und einem Fahndungsfoto ähnelte. Als er auf ihn zuging, um seinen Ausweis zu sehen, wollte dieser flüchten. Ein Warnschuß stoppte ihn. Nach seiner Verhaftung packte er aus, um mildernde Umstände zu bekommen.
Durch seine Aussagen wurden die anderen gefaßt und man konnte ihnen einen anderen Geldüberfall nachweisen.
Damit entfiel unsere Polizeieskorte.
Zufrieden mit meiner Tätigkeit glaubte ich, alles wäre in Ordnung. Da machte ich einen Fehler. Wieder einmal waren wir in Zeitnot. Ich mußte aus einer Parklücke herauskommen, wo ein Golf uns eingeklemmt hatte.

Fred stimmte meinem Vorschlag zu, auf den Wagen mit dem Versuch aufzufahren, ihn nach vorn wegzudrücken. Ein Vorhaben, das in Paris üblich ist.
Leider gab ich dabei zu viel Gas. Unser gepanzertes Fahrzeug zerstörte dabei den Kofferraum so erheblich, daß es nach einem Totalschaden aussah. Ich steckte die Visitenkarte der Bank hinter den Scheibenwischer und wir fuhren nach Haus.
Am nächsten Tag wurde ich zu unserem Geschäftsführer gerufen, der mich nicht unfreundlich zum Sitzen aufforderte. Noch ahnte ich nichts.
„Sie waren für mich ein tüchtiger und kompetenter Mitarbeiter, aber zwei Totalschäden an Autos sind einer zu viel. Hinzu kommt der abgebrochene Seitenspiegel, für den die Besitzerin wegen angeblicher Schrammen auf der linken Seite eine neue Lackierung verlangt.
Diese wiederholten Schäden durch ein und denselben Fahrer macht die Bank nicht mit, weil sie außerdem eine Erhöhung der Versicherung befürchten muß.
Daher muß ich Sie leider entlassen. Sie bekommen ein gutes Zeugnis von mir. Mehr kann ich bedauerlicherweise nicht für Sie tun. Mir sind die Hände gebunden."
Fred war entsetzt, als er dieses hörte: „Diese Geldhyänen!" sagte er wütend beim Abschied.
Wieder stand ich auf der Strasse und kam zu der Überzeugung, wie wenig Einsatz und guter Wille nützt, wenn diejenigen es nicht begreifen, für die man sich einsetzt. Persönliche Gewinne sind ihnen mehr wert, als die Menschen, die für sie arbeiten.
Nach langer Zeit griff ich in der nachfolgenden Nacht wieder zur Flasche.
Am nächsten Vormittag kündigte ich mein Zimmer in der Innenstadt und nahm Rucksack und Schlafsack auf.
Um mich von diesem jähen Arbeitsende abzulenken beschloß ich, zu meiner Schwester zu tippeln.
Weit kam ich nicht. Genau gesagt, nur von der Neustadt bis zur Nicolaikirche am Hopfenmarkt, die dort als Denkmalsruine steht.

Auf einer Steinstufe davor saß ein älterer Mann, dessen ausdrucksvolles Gesicht mir auffiel. Nach einem Foto, das ich gesehen hatte, ähnelte er Einstein. Er trank aus einer Flasche Bier. Neben ihm lag ein Schlafsack. Seine Kleidung war ärmlich. Das deutete auf einen Obdachlosen hin.
Er merkte, daß ich stehen geblieben war und ihn ansah.
„Unterwegs?" fragte er mich mit einer rauhen Stimme.
„Ich habe es jedenfalls vor," erwiderte ich.
„Meistens läuft vieles immer anders, als man vorhat. Davon kann ich ein Lied singen. Wenn ich Sie betrachte, sehen Sie danach aus, als ob Sie kürzlich eine Abfuhr bekamen. Setzen Sie sich zu mir. Ich beiße nicht."
Dieser kurze Wortwechsel zeigte mir, daß es sich nicht um einen verwahrlosten Penner, sondern um einen intelligenten Mann handelte, den irgendetwas aus der Bahn geworfen hatte.
Dieser Eindruck bestätigte sich sehr bald.
„Hier ist ein Bier."
„Ich sorge für Nachschub."
„Hört sich gut an. Sie sind jünger als ich. Berichten Sie mir aus Ihrem Leben. Danach erzähle ich."
Ich war von diesem Mann so angetan, daß ich meinen Marsch nach Oldenburg auf unbestimmte Zeit verschob.
Und damit verschob sich noch einmal mein Leben.

Als Obdachloser

Anfangs wollte ich nur einen kurzen Lebensüberblick geben. Er unterbrach mich. Ich dürfte ihn als Abkürzung von Cornelius „Corry" nennen. Allerdings bat er darum, zwar die Vornamen, aber das „Sie" zu gebrauchen: „Man kann mit jedem Bruder sein, aber zu brüderlich unterbleibt ein gewisser Respekt voreinander und kann dazu führen, ausgenutzt zu werden," entschuldigte er seine Bitte, die ich gut verstand.

Als ich fortfuhr, stellte er intelligente Zwischenfragen, bis er schließlich meine ganze Geschichte erfuhr. Dabei begeisterte ihn meine marokkanisch, französisch und deutsche Blutmischung, so daß er manchmal auf französisch etwas wissen wollte.
Unversehens verstrich die Zeit. Der späte Nachmittag war angebrochen, als ich meinen Bericht beendete.
Ich ahnte bei diesem interessierten Mann, daß seine Erzählung überraschendes enthielt. So war es auch.
„Mein Lebensbericht ist kürzer als der Ihre. Die Erfahrungen, die wir beide machten, ähneln sich jedoch ein wenig.
Ich bin Professor für Geschichte. Theoretisch bin ich es noch. Vor zwei Jahren gab ich meine Stellung an der Universität wegen angeblicher Herzstörungen auf. Exakt ausgedrückt verließ ich sie wegen Kollegen, die ich nicht mehr ertragen konnte. Um sich zu profilieren, verfassen sie Aufsätze und Schriften, in denen sie geschichtliche Ereignisse aufgrund ihrer angeblich neuen Erkenntnisse spektakulär medienwirksam herausbringen, um Geld zu verdienen.
Aufregend erscheinende Behauptungen, die meinen Nachforschungen nicht standhielten. Mein Vorwurf, auf diese Weise Geschichte nach dem Zeittrend zu verfälschen, wiesen sie bissig zurück. Vermutlich aus Furcht, bloßgestellt zu werden, taten sie sich zusammen und machten mir das Leben schwer. Da die Medien stets auf besondere Enthüllungen warten, von denen sie schließlich leben, wurde es für sie leicht, mich ins Abseits zu „bugsieren".
Folglich setzte ich mich mit dem zweifellos sonderbaren Entschluß ab, ein obdachloser Professor zu werden."
„Und Sie bereuen es nicht?"
„Ich gebe zu, manchmal ist es etwas kalt, naß und ungemütlich, aber das Gefühl, von keinem mehr abhängig zu sein, beruhigt meine Seele.
Weshalb wollen Sie jetzt noch weitertippeln. Bleiben Sie hier. Sie glauben nicht, wie vielfältig sogar das Leben eines Obdachlosen sein kann."

Ich blieb.
Inzwischen war es Nacht geworden. Nach einem letzten Bier krochen wir in unsere Schlafsäcke.
Der Professor drehte sich zu mir herum: „Sie haben Glück, daß es heute hier so ruhig ist. Liegt wohl am warmen Wetter. Da ich Sie mag, möchte ich Sie über das Leben von uns Obdachlosen ein wenig aufklären, damit Sie sich keinen Illusionen hingeben."
Nun erfuhr ich von ihm, daß es unter Obdachlosen auch unterschiedliche Menschen gibt. Die harmlosen Penner, die ihre Tage mit dem Trinken billigen Weines verbringen, jedem freundlich zunicken und keinem weh tun. Andere wiederum werden unter dem Einfluß billigen Fusels zu aufdringlichen Bettlern nach Zigaretten oder Geld, weil sie angeblich keine Unterstützung erhalten.
Die dritte Gruppe dagegen sei gefährlich, da sie drogenabhängig wären. Um das Geld dafür aufzubringen scheuten sie nicht vor Erpressungen und Einbrüchen zurück. Meistens zu zweit, manchmal zu dritt.
„Zwei von diesen Typen erscheinen hier zuweilen. Für die bin ich als Professor scheinbar so eine Art Aushängeschild, das sie in Ruhe lassen."

Am nächsten Vormittag wanderte ich mit Corry in der näheren Umgebung herum. Im Hahntrapp deutete er auf ein italienisches Restaurant: „Der Besitzer ist Marokkaner. Dem sollten Sie einmal „guten Tag" sagen. Hat auch etliches in seinem Leben mitgemacht. Ab und an besuche ich ihn, wenn ich mich ‚mal aufwärmen will'. Stets bietet er mir etwas an. Doch, wie gesagt, Abstand ist alles. Nicht zu oft aufsuchen, damit sie nicht glauben, ausgenützt zu werden."
Um die Ecke zeigte er mir eine weitere Gaststätte, die zwei Brüder führten: „Auch „da" können Sie hineingehen. Die beiden haben Verständnis für uns."
Nach diesem Gang setzten wir uns auf unser Podest vor der Kirche.
Zwei Männer kamen heran.

„Nehmen Sie sich in Acht, Roland, das sind die von der gefährlichen Sorte, besonders dieser Breitschultrige," warnte mich Corry.
Was er vorausahnte, traf ein.
Kurz darauf standen die beiden vor mir.
„Ach, ein neuer Mitbewohner?" sah mich der Breitschultrige an: „Wo bleibt der bezahlte Einstand für uns?"
Inzwischen war ich gelassen aufgestanden. Der Professor blickte mich erschrocken an, als er meine Antwort hörte:
„Für einen öffentlichen Platz der Hansestadt zahle ich keinen Einstand."
„Du Klugschnacker weißt nicht, wen Du vor Dir hast. Wer sich hier aufhalten darf, bestimme ich. Ist das klar? Und noch etwas. Wenn Du nichts zahlst, landest Du im Krankenhaus, denn ich bin Karate-Meister."
Nach meiner Einschätzung konnte der Mann mit einem Messer zustoßen, aber von Karate hatte er keine Ahnung.
„Du bist Karate-Meister? Großartig! Dann machen wir einmal einen Kampf um den Einstand. Einverstanden?"
„Sie lächerliches Hemd!" wollte er mir einen Faustschlag versetzen, den ich spielend unterlief. Bei meiner gezielten Abwehr stürzte er so unglücklich zu Boden, daß er sich durch die Schwere seines Körpers einen Arm „brach". Schmerzverzerrt verlangte er von seinem Begleiter, die Polizei zu holen.
„Dich verklage ich!" Er wandte sich an den Professor: „und Sie sind mein Zeuge, daß er mich grundlos zusammengeschlagen hat."
Corry lächelte mich an, stand auf und verschwand an seinem Stock humpelnd. Sein Blick sagte mir, daß er zu gegebener Zeit die richtige Aussage machen würde.
Die Polizei erschien und ließ einen Krankenwagen für den Breitschultrigen kommen. Mich nahmen sie als angeblicher Angreifer auf die Wache. So kam ich zum ersten Mal für einen Tag in den Knast, denn am nächsten Tag gab der Professor zu Protokoll, was wirklich vorgegangen war.
Es war kalt und windig, als ich wieder beim Professor landete.

„Kommen Sie mit. Wir wärmen uns bei dem Marokkaner ein wenig auf. Dabei lernen Sie ihn kennen."
Das Restaurant war fast besetzt. Ich sah, daß Mokhtar mit seinem italienischen Koch alle Hände voll zu tun hatte, um die Gäste zu bedienen. Daher wurde es anfangs nur eine kurze Vorstellung, bei der er uns bat, in der hinteren Ecke Platz zu nehmen. Er wollte später zu uns kommen. „Im Augenblick fehlt mir sogar die Zeit, notwendiges Wechselgeld zu holen, weil meine Hilfe noch nicht da ist.
„Das kann Roland für Sie erledigen," schlug Corry vor.
Mokhtar musterte mich kurz, ging wortlos zur Kasse und übergab mir zwei Fünfhunderter mit einem Zettel, auf dem die Aufstückelung stand.
Nach meiner Rückkehr sah er nur kurz auf die abgepackten Geldrollen, die ihm bewiesen, den vollen Gegenwert erhalten zu haben.
Wir bekamen von ihm eine Pizza. Später setzte er sich zu uns.
Lächelnd berichtete ihm der Professor meine Begegnung mit den beiden Männern, für die ich eine Nacht im Knast saß.
„Sie sind in Karate ausgebildet?" fragte mich Mokhtar interessiert und bat mich, kurz in die Küche zu kommen.
Als wir uns dort gegenüberstanden fragte er mich, ob er einen Scheinangriff führen dürfte, den ich abwehren sollte. Schnell stellte sich heraus, daß wir ebenbürtige Kämpfer waren.
„Jetzt weiß ich, warum der Professor mein Geld bei Ihnen in sicheren Händen wusste," schüttelte er mir freundschaftlich die Hand und lud uns zu einem Glas Wein ein.
Bei unserer nachfolgenden Unterhaltung erzählte der Professor, daß ich einen marokkanischen Großvater hatte, selber in Frankreich groß wurde und meine Mutter eine Deutsche war. Mokhtar und Sie, Roland, sollten sich einmal über Ihre Lebensgeschichten unterhalten und einer sollte sie aufschreiben. Ein solches Buch kann natürlich nur Facetten unseres Daseins schildern, aber es zeigt, was und wie wir es überleben. Wo die Familien als tragendes Gerüst

eines Volkes versagen, muß zwangsläufig die Nation versagen, zu der sie gehören."
„Als Restaurantbesitzer bleibt mir zu wenig Zeit dafür," erwiderte Mokhtar.
Der Professor richtete seinen Blick auf mich. „Dann sind Sie dran, lieber Freund. Geben Sie Ihre Tage als Obdachloser auf. Ziehen Sie zu Ihrer Schwester und schreiben Sie dort das Buch. Damit würden Sie mir altem Mann nicht nur eine Freude erweisen, sondern meine Einstellung zu dem Gestern und Heute bestätigen."
Ich versprach ihm, darüber nachzudenken.
Jederzeit dürfte ich zu ihm hereinkommen, wenn mir danach wäre, verabschiedete sich Mokhtar von mir.
Bei diesen Worten ahnten wir beide nicht, daß bald ein Ereignis eintrat, welches unser Verhältnis freundschaftlich gestalten sollte. Bis dahin verging noch einige Zeit, in der ich mir langsam Sorgen um den Professor machte. Immer öfter plagten ihn Hustenanfälle. Er schlief unruhig. Oft stand er auf, als bekäme er keine Luft.
Meinen Vorschlag, einen Arzt aufzusuchen, wischte er beiseite: „Solange der Kopf noch funktioniert, sind das lediglich körperliche Störfälle, die man überwinden muß. In ein Krankenhaus passe ich schon gar nicht. Dort würde ich die Herren Doktoren als obdachloser Professor nur verwirren, denn „ – richtete er sich in seinem Schlafsack mit einem gewissen Stolz auf –" ganz unbekannt bin ich durch meine Schriften auch nicht."
„Ich kenne Ärzte, die ihre Situation bestimmt begreifen," wollte ich ihn überreden.
„Mag' sein, aber in meinem Fall wäre das ein Lottogewinn, an den ich nicht glaube, weil ich mit meinen Zahlen früher immer danebenlag." Er blieb bei seiner Meinung. Meinen Rat nahm er nicht an. Inzwischen war der Januar mit sehr kalten Nächten gekommen. In unseren Spezial-Schlafsäcken ließ sich die Kälte zwar ertragen, aber an einen durchgehend ruhigen Schlaf war nicht zu denken.
Dann kam dieser frühe Morgen, in der sich um 5 Uhr zwei Männer unweit von uns hinsetzten. Durch ihr Kommen

hell wach geworden, beobachtete ich sie. Ohne sich um uns zu kümmern tranken sie Schnaps. Plötzlich hörte ich den Größeren sagen, es würde höchste Zeit, wieder an Stoff zu kommen.
„Um 6 Uhr ist es noch dunkel. Das Restaurant ist um die Ecke. Die Kasse nah beim Eingang und hinter der Fensterscheibe stehen Weinflaschen,“ erklärte er in seinem angetrunkenen Zustand unvorsichtig seinem Kumpel. Instinktiv ahnte ich, welches Restaurant er nur meinen konnte.
Tatsächlich verließen sie uns zur geplanten Zeit. Bis zur Ecke des Hahntrapp verfolgte ich ihren Weg ohne aufzufallen. Zweimal blieben sie stehen, um sich zu vergewissern, daß ihnen keiner folgte.
Kaum waren sie um die Ecke verschwunden, als ich ihnen nachlief. Um die Ecke sehend, konnte ich ihr Tun verfolgen. Kurz vor Mokhtar's Restaurant hoben sie einen Gullydeckel hoch, trugen ihn die wenigen Schritte zum Lokal weiter, holten mit ihm weit aus und warfen ihn in die Schaufensterscheibe. Klirrend zerbrach Glas.
Zum Pech der Ganoven hatten sie nur ein größeres Loch in die Scheibe geschlagen. Ihre Rucksäcke standen neben ihnen.
Voll mit ihrer Aktion beschäftigt, nahmen sie nicht wahr, daß ich nur Sekunden brauchte, um den Kleineren mit einem gezielten Schlag außer Gefecht zu setzen.
Der Größere war bereits mit seinem Kopf in dem Loch der Scheibe und langte nach den erreichbaren Flaschen, wobei er fluchte: „Mist, kann nicht an die Kasse kommen.“
Er wollte gerade die erste Flasche herausreichen, als er jäh die Situation begriff, in der er steckte. In seiner Angst fuhr er so unvorsichtig zurück, daß die zerbrochene Scheibe tief in seine linke Gesichtshälfte schnitt, er wurde ohnmächtig.
In diesem Augenblick hielt ein Auto neben mir an. Mokhtar sprang heraus, überblickte sofort die Lage und rief mir zu, auf den Kleinen aufzupassen. Im Nu‘ schloß er den Laden auf und forderte telefonisch den Notarztwagen an.

In der kurzen Zwischenzeit versuchte er, mit einem Handtuch bei dem Großen die Blutungen zu stillen.
Mir hatte er vorher auf die Schulter geklopft: „Gut gemacht, Roland! Halt' den Kleinen in Schach, während ich mit dem anderen beschäftigt bin, bis der Krankenwagen kommt. Macht keinen guten Eindruck, wenn der Kerl vor meinem Restaurant verblutet, falls auch ein Reporter auftaucht."
Nun erfuhr ich von Mokhtar, daß man in seinem Gewerbe einen 6ten Sinn für solche Menschen entwickelt. Kürzlich hatte eine Straße weiter schon einmal ein Einbruch mit einem Gullydeckel stattgefunden. Daher hätte er in der letzten Zeit ein wachsames Auge auf Typen gehabt, die seinen Laden beobachteten, aber nicht hereinkamen: „Sonderbarerweise arbeiten solche Ganoven oft in der ihnen bekannten Gegend. Auf jeden Fall fielen mir zwei auf, die herumlungerten. Ihre Gesichter konnte ich von drinnen allerdings nicht genau erkennen.
Irgendwie wachte ich heute unruhig auf, daß ich eine Stunde früher als sonst hierher fuhr. Wer so viel erlebt hat, wie ich, bekommt ein gewisses Gefühl für drohende Gefahren."
Wenig später erschien der Krankenwagen, dem ein Streifenwagen folgte. Bei dem Kleinen stellte man fest, daß er sich beim Fall die Schulter ausgerenkt hatte. Wieder hellwach behauptete er den Polizisten gegenüber frech, er hätte mich mit seinem Kumpel beim Einbruch erwischt.
„Mokhtar sah ihn kühl an. „Und dann wollte ihr Kumpel sich als Dank durch das Loch in der Scheibe mit meinem Wein bedienen."
Beide wurden zur Behandlung abtransportiert.
Da es sich sowohl um einen Einbruch und einen Fall von Körperverletzung handelte, müssten sie mich mit zur Wache nehmen, zumal ich obdachlos sei, erklärte mir ein Polizist.
Mokhtar verwendete sich zwar für mich, aber die lakonische Antwort war; Vorschrift ist Vorschrift, denn meine Unschuld müßte bewiesen werden.

„Wenn das so ist, dann bitte ich Sie, sowohl die Weinflasche als auch den Gullydeckel mitzunehmen, weil die Fingerabdrücke auf beiden Stücken allein die Unschuld beweisen,“ bat Mokhtar die Beamten freundlich.
Einer der Polizisten gab eine sehr vernünftige Antwort: „Die Flasche genügt. Der Gullydeckel muß wieder eingesetzt werden und nach meiner Meinung konnte Ihr Freund allein dieses schwere Stück nicht werfen.“
Damit war ich wieder im Gewahrsam der Polizei, bis die Fingerabdrücke des Großen den Fall klärten.

Wieder als freier Bürger wollte ich zurück zu meinem Professor. Als er mir freudig seine Hand reichte, spürte ich erschrocken, wie heiß diese war. Nach wie vor lehnte er das Aufsuchen eines Arztes ab und wollte statt dessen neugierig alles über den Einbruch erfahren. Mein Dasein schien ihn aufzurichten, denn sein Humor brach wieder durch:
„Ihr Lebenslauf ist bemerkenswert. Jetzt entwickeln Sie sich noch von einem Obdachlosen zu einem Knast-Bruder. Das Letzte schaffte ich nie, aber das liegt wohl nur daran, daß ich niemals Karate-Unterricht bekam. Gehen Sie schnell zu Mokhtar. Er wird sich freuen, Sie wiederzusehen.“

Mokhtar telefonierte, als ich hereinkam. Er deutete auf einen Platz, wo ich mich hinsetzen sollte. Nach dem Ende des Gespräches umarmte er mich mit den arabisch brüderlichen Küssen auf beide Wangen.
“Was es für Leute gibt,“ schüttelte er seinen Kopf. „Vorgestern mußte ich für eine Party mit 100 Gästen zurechtgemachte Vorspeisen und Getränke liefern, die der Generaldirektor einer der führenden deutschen Banken bei mir bestellte. Das ist so einer mit selbstbewußtem harten Befehlston. „Damit Sie es von vornherein wissen,“ rief er ins Telefon, „sollten meine Gäste nicht zufrieden sein, dann reklamiere ich und zahle keinen Cent.“
Soeben rief er mich an: „Sie haben Glück gehabt, mein Guter, alle Herren waren zufrieden.“

Auf meine Antwort, ihm erstklassige Ware geliefert zu haben, bellte er ins Telefon:
„Haben Sie, aber ich muß die jetzt bezahlen!"
Nachdem ich durch den Professor Mokhtar kennengelernt hatte, durfte ich aus seinem Restaurant manchmal meine Schwester anrufen, die sich natürlich um mich sorgte und sein Geschäft als Postadresse angeben durfte.
Mokhtar brachte mir eine Pizza, ein Glas Wein und legte einen Brief für mich auf den Tisch. Er enthielt zu meinem Erstaunen eine Fahrkarte nach Oldenburg mit einigen Zeilen von Mariella, die typisch für ihre bestimmte Art waren.
„Lieber Roland,
Dein Patenkind Isabel lädt Dich zu ihrer Taufe ein und wäre sehr traurig, wenn Du nicht kommst.
P.S. Bleibe bitte einige Tage bei uns."
Die Taufe sollte bereits am nächsten Tag sein. Durch meine Zeit im Polizeigewahrsam erhielt ich den Brief verzögert.
Unschlüssig zeigte ich Mokhtar die Zeilen.
„Selbstverständlich fährst Du dahin. Sei glücklich, noch so eine Familie zu haben. Ich suche Dir eine Zugverbindung heraus. Das schaffst Du ohne Probleme noch heute. Weshalb zögerst Du überhaupt?"
Jetzt berichtete ich ihm meine Sorge um den Zustand des Professors. Er beruhigte mich: „Auf dem Weg zu meinem Parkplatz gehe ich jeden Abend nach Geschäftsschluß, meistens um 19 Uhr an der Nicolai-Kirche vorbei. Ich werde nach ihm sehen."
Vor meinem Weg zum Bahnhof suchte ich den Professor auf, der wie leblos schlief. Behutsam weckte ich ihn. Als er mich sah, glitt ein strahlendes Lächeln über sein Gesicht, das mir weh tat, weil ich ihm erklären mußte, weshalb ich einige Tage fort sei.
„Familie ist Familie. Das habe ich Ihnen erklärt," erwiderte er mit brüchiger Stimme.
Bedrückt nahm ich meinen Rucksack auf und verabschiedete mich von ihm.

Plötzlich sagte er hellwach: „Grüssen Sie die kleine Isabel von einem alten Professor, der ihr Glück wünscht."
Forteilend wandte ich mich noch einmal zu ihm um und hörte, wie er mir „Adé" und nicht „Auf Wiedersehen" zurief.
Mir schnürte es das Herz ab.

Eine unbeschwerte heitere Woche verbrachte ich mit Mariella, Hellmut und Isabel in Oldenburg. Die Kleine vereinnahmte mich und das gab mir das glückliche Gefühl, das Zutrauen eines Kindes zu spüren.
„Ich hoffe, Du kommst bald für immer zu uns," sagte Mariella beim Abschied. Isabel fing an zu weinen, als sie hörte, daß ich ging.
Ich tröstete sie mit den Worten, bald wieder da zu sein, worauf Mariella wieder typisch reagierte: „Was man Kindern verspricht, muß man als Erwachsener einhalten."

Wieder in Hamburg, trieb mich ein unruhiges Gefühl zuerst zur Nicolai-Kirche.
Es war ein Freitag Nachmittag, den ich nie vergesse.
Der Platz war leer.
Sofort suchte ich Mokhtar auf, der ahnte, was ich ihn fragen wollte.
In seinen Augen stand bereits die Antwort.
„Komm', Roland, setz' Dich an meinen Tisch. Ich komme gleich zu Dir." Er brachte uns beiden einen Espresso mit einem Grappa.
„Unser Professor lebt nicht mehr. Vor drei Tagen fand ich ihn leblos liegen. Er ist an einer Lungenentzündung verstorben. In seinem Schlafsack fand ich diesen Zettel, auf dem in der krakeligen Hand eines Fiebernden stand:
„Lieber Roland,
denken Sie an das Buch."
Die Unterschrift war unleserlich.
Mit Tränen in den Augen bat ich um einen zweiten Grappa.
„Nein, Roland," antwortete Mokhtar leise aber bestimmt, „Du bekommst noch einen Espresso. Willst Du unseren

Professor mit seiner Bitte enttäuschen? In einer Stunde schließe ich das Geschäft und Du bist mein Gast bei uns über das Wochenende. Dort haben wir genügend Zeit, uns darüber zu unterhalten, wie es weitergehen soll.
Ich wurde herzlich von seiner Frau empfangen, die ich bereits kannte.
Zum Abendbrot gab es eine Auswahl würziger Happen.
Nach dem Essen bat mich Mokhtar, über mein Leben zu berichten. Mit am Tisch saßen seine zwei Söhne und seine Tochter. Ich bemerkte, daß sie meinen Worten immer gespannter folgten und bei uns blieben, obwohl sie vielleicht etwas anderes vorhatten.
Es wurde eine lange Nacht, die mich von meiner Trauer über den Tod des Professors etwas befreite.
„Beim „Gute Nacht“ sagen erwähnte ich das.
„Ja, Roland, mit seinem Zettel hat Dir unser Professor seinen letzten Willen vermacht. Du solltest ihn erfüllen. Gib' Dein Obdachlosen-Dasein auf, ziehe zu Deiner Schwester und schreibe das Buch. Du kannst jederzeit am Wochenende mich zu Hause besuchen, wenn Du meinen Rat brauchst.“
Ich versprach ihm, den Wunsch des Professors zu erfüllen. Damit begann die schriftstellerische Phase meines Lebens.

Bei meinem zweiten Besuch in Hamburg erzählte mir Mokhtar einen Abschnitt aus seiner Lebensgeschichte.

Roland erzählt Mokhtar's Zirkusgeschichte

Als Mokhtar 17 Jahre alt geworden war, wusste er eines mit ziemlicher Sicherheit. Er wollte die Welt kennenlernen und sich irgendwo ein selbständiges Leben aufbauen.
Er liebte seine marokkanische Heimat, seine Familie, jedoch zeigten ihm die Erfahrungen seines bisherigen Lebens wie sehr seine Möglichkeiten zu Hause begrenzt wa-

ren, um dort seinen Traum von Selbständigkeit zu realisieren.
Schon früh an harte Arbeit gewöhnt, die sich über Tag und Nacht erstrecken konnte, verfiel er keineswegs der Illusion, anderswo sein Leben einfacher aufbauen zu können. Er verfügte aber über genügend Selbstvertrauen, den Absprung zu wagen, sobald sich eine Gelegenheit bot.
Mittelgroß und schmalgliedrig sah man ihm nicht die Kräfte an, die er besaß. Mit seinem verschmitzten Lächeln war er bei seinen Freunden beliebt. Hinter diesem Humor verbarg sich eine schnelle Auffassungsgabe, Intelligenz mit dem ererbten Wissen erfahrener Araber gepaart, Menschen gut einschätzen und schlau handeln zu können.

Diese Gedanken bewegten den jungen Mokhtar, als eines Tages sein Großonkel wieder auf einem der sporadischen Besuche seine Familie in Marokko aufsuchte. Er bewunderte diesen Onkel, der früher ein bekannter Artist gewesen und nun im Alter der Personalchef des Zirkus Krone war.
Immer hatte er gebannt den Schilderungen des Onkels über die Reisen des Zirkus gelauscht, die diesen in fast alle großen Städte Europas führten.
So erzählte sein Onkel auch am Abend nach seiner Ankunft die letzten Neuigkeiten aus dem Zirkusleben.
Plötzlich wandte er sich an Mokhtar: „Wie ich weiß, bist Du 17 Jahre alt. Steh' doch, mal auf, damit ich Dich richtig betrachten kann."
Verblüfft folgte Mokhtar der Aufforderung und war noch überraschter, als der Onkel die Stärke seiner Armmuskeln prüfte.
„Du scheinst recht kräftig zu sein," stellte er befriedigt fest.
„Ich habe etliche Gürtel in der Selbstverteidigung errungen," teilte der Junge stolz mit.
„Paßt alles gut zusammen," nickte ihm der Onkel wohlwollend zu und lächelte, als er sah, daß ihn sein Neffe verständnislos anstarrte.

Unvermittelt erklärte er darauf den anwesenden Familienangehörigen, weshalb er sich Mokhtar näher angesehen hätte. Der Zirkus brauchte ein Team von 10 kräftigen jungen Leuten, die nicht nur für die Arbeit des ständigen Auf- und Abbaus notwendig wären, sondern sich darüber hinaus auch noch an den Auftritten der Artisten und der Tiere beteiligen müßten. Hierzu fehlte ihm noch der zehnte junge Mann. Eines wolle er von vornherein klar stellen. Es sei harte Arbeit, die bei zwei Vorstellungen am Tage wenig Freizeit ließe.
Das Gehalt betrüge nur DM 450,-, Verpflegung, Unterkunft in den Wohnwagen sowie die Bekleidung würden gestellt.
Nach diesen Worten sah er Mokhtar an: „Ich weiß, daß es Dich nach Europa zieht, um dort Dein Glück zu versuchen. Mir ist aber auch bewußt, daß Du bereits zu alt bist, um noch ein berühmter, gut bezahlter Artist zu werden. Daher biete ich Dir heute den Job als Sprungbrett an, damit Du in der geschlossenen Gemeinschaft unseres Zirkus Land, Leute und Sprachen kennenlernst und nicht als ahnungsloser Jüngling das dortige Leben beginnst.
Wenn Dir mein Angebot zusagt, mußt Du allerdings sofort „ja“ sagen, damit ich Dich auf dem Rückflug mitnehmen kann.“
Ohne zu zögern stimmte Mokhtar zu, aber fragte seinen Onkel:
„Warum tust Du das für mich?“
„Erstens sind wir eine Familie, die sich untereinander hilft, denn ohne unseren Zusammenhalt könnten wir in dieser Welt schwer überstehen.
Zweitens bin ich mir auch aus diesem Grunde sicher, daß Du mich und unsere Familie nicht enttäuschen wirst.
Übrigens sind Deine Kollegen auch alles Marokkaner und in Deinem Team ist auch Dein Vetter Nourddine. Er wird Dir helfen, Dich schnell einzugewöhnen.“

Mokhtar’s neuer Lebensabschnitt begann sofort nach seiner Ankunft in Nürnberg.

Sie erreichten den Zirkus vor dem Ende der Abschiedsvorstellung am Abend.
Gleich darauf mußte er abgebaut und verladen werden. Der nächste Auftrittsort war Hannover.
Kurz stellte ihn sein Onkel den Arbeitskollegen und seinem Vetter vor, der ihn herzlich begrüßte: „Gut, daß Du da bist. Gleich geht die Arbeit los. Unterhalten können wir uns erst später, wenn alles verladen ist. Du wohnst mit mir im Wagen Nr. 19.“

Während das Team auf den Schlussapplaus und das Hinausgehen der Zuschauer wartete, kam einer der auftretenden Artisten auf die Gruppe zu.
Er fiel Mokhtar durch seine ungewöhnlich kräftige Statur auf.
„Wo ist der neue junge Mann?“ rief dieser.
Nourddine zeigte auf Mokhtar.
Prüfend musterte ihn der Artist. Plötzlich packte er ihn fest mit beiden Händen, hob ihn kurz hoch und stellte danach fest: „Es könnte funktionieren. Wenn wir morgen früh in Hannover angekommen sind, melden Sie sich gleich bei mir, damit ich mit Ihnen meinen Auftritt proben kann.“
Ohne diese Aufforderung näher zu erläutern, verschwand er.
Inzwischen waren die Lichter erloschen. Der Abbau begann.
„Was soll ich bei diesem Artisten eigentlich machen?“ fragte er seinen Vetter verwirrt.
„Erzähle ich Dir später. Jetzt müssen wir ‚ran an die Arbeit.“

Schon bei dem Forttragen der ersten schweren Geräte spürte Mokhtar, daß seine Schultern bei dieser Arbeit bald durchgescheuert sein würden und er am nächsten Tage kaum seine Arme hochheben könnte. Zu seinem Glück bemerkte der Vetter sein schmerzverzogenes Gesicht.
„Du hast zu schmale Schultern für die großen Bretter. Ich hole Dir Kissen, mit denen wir Deine Schultern polstern,

damit Du morgen für Deinen Artisten einigermaßen fit bist."

Die Kissen halfen ihm, den ersten turbulenten Abend mit der Verladung zu überstehen.

Gleichzeitig lernte er dabei, daß ein Zirkus nur dann Erfolg hat, wenn alles minutenweise planmäßig in gemeinsamer Arbeit abläuft. Nur so konnte ohne Pause die gespannte Erwartung der Zuschauer erhalten bleiben. Ein einziger Leerlauf käme einer Katastrophe gleich. Bereits nach einer Stunde war der Platz, auf dem der Zirkus gastiert hatte, leer.

Es war bereits kurz vor Mitternacht, als Mokhtar dem Verladen der 10 Elefanten der Zirkus Krone zusah.

Sein Vetter deutete auf den letzten von ihnen: „Das ist Leila, für die Du in Zukunft zuständig bist."

Bevor er verblüfft etwas fragen konnte, kam die Dompteuse auf ihn zu:

„Sie sind also der junge Mann, dem ich Leila für die Auftritte anvertrauen soll. Wie bei uns Menschen wird sie nur jemand folgen, der ihr gefällt. Kommen Sie! Ich mache Sie mit Leila bekannt.

Hier ist ein Brot. Wenn sie das aus Ihren Händen annimmt, können Sie Leila anschließend streicheln."

Da Mokhtar weder Furcht vor großen und vor kleinen Tieren hatte, sah er sie ruhig an, hielt ihr das Brot hin und sagte mit einschmeichelnder Stimme: „Wir müssen ja nun zusammen arbeiten. Bist Du damit einverstanden?"

Die anschließenden Streicheleinheiten schienen dem Elefanten zu behagen.

„Leila ist mit Ihnen zufrieden," stellte die Dompteuse auf dem Rückweg fest.

Es war die erste Ermunterung, die Mokhtar in den ersten Stunden seines Zirkusdaseins bekam.

Wenig später wartete er mit seinem Vetter auf die Abfahrt des Zuges.

„Das ist bisher wohl der verrückteste Tag meines Lebens. Heute morgen in Marokko, heute Abend in Nürnberg, morgen in Hannover. Dann soll ich auch noch mit Leila und

dem Artisten auftreten. Kannst Du mir jetzt erklären, was eigentlich genau auf mich zukommt?"
„Kann ich, Vetter. Fangen wir ,mal mit der Elefantennummer an.
Bevor die Dompteuse die 10 Elefanten in die Manege führt, kommen wir zehn hineingelaufen und jeder von uns schwingt einen der schweren Hocker im Kreis, bevor wir sie rundherum verteilen.
Am Schluß der Nummer setzt sich auf Befehl jeder Elefant auf seinen Hocker. Da sie das Gewicht der Tiere aushalten müssen, sind sie so schwer.
Als Abschlußattraktion bringen wir in Windeseile Räder herein, die von den Elefanten so bewegt werden, als ob sie Fahrrad führen. Auf einen letzten Befehl sollen sich alle Elefanten gleichzeitig erheben, um mit uns die Manege zu verlassen. Und wir müssen dafür sorgen, daß sie auch aufstehen.

Nun zu Deinem Artisten.
Du hast ihn gesehen. Er ist stark wie ein Bulle und manchmal auch dementsprechend cholerisch. Unser Chef behandelt ihn jedoch wie ein rohes Ei, denn sein Auftritt gehört zu den Glanznummern."
„Klingt nicht sehr verlockend," runzelte Mokhtar seine Stirn.
„Kommt ganz darauf an, wie Du Dich morgen anstellst. Mit seinen Leuten kommt er gut aus."
„Was muß ich bei ihm machen?"
„Er baut eine Menschenpyramide auf. Mit ihm sind es weitere 7 Männer, die er alle aufgrund seiner Muskelkraft trägt.
Zwei haken sich seitwärts bei ihm ein.
Einer wird vor dem Bauch gehalten, ein anderer auf dem Rücken.
Zwei stehen auf seinen Schultern und auf deren Schultern sollst Du oben die Spitze bilden.
Wenn der Aufbau fertig ist, wird angesagt, daß er mit seinen Muskeln 450 Kilo trägt.

Wenn Du die Proben schaffst, ist es hinterher eine Routineübung und Du wirst dort in der Höhe den Applaus der Zuschauer genießen," fügte er beruhigend zu.
Inzwischen war der Zug abgefahren. Mokhtar sah seinen Vetter trotz dessen Erklärung etwas bedrückt an: „Ich glaube kaum, daß ich heute Nacht ein Auge zumachen kann."
„Träume von Leila. Vielleicht fühlst Du, wie Dich ihr Rüssel streichelt."

Nach dem Aufbau in Hannover begann sofort Mokhtar's erste Probe.
Nach zwei Versuchen hatte er begriffen wie er die Hände der zwei auf den Schultern stehenden Artisten ergreifen mußte, damit sie ihn mit einem Schwung nach oben beförderten und er mit je einem Fuß auf ihren Schultern stand. Ihr fester Griff hielt ihn an den Fußgelenken fest. Nun sollte er sich aufrichten.
Als er es beim dritten Versuch vorsichtig probierte, war ihm kurz schwindlig, als er in die Tiefe sah und daran dachte, keine andere Sicherheit zu haben als den Halt der beiden Männer an seinen Füßen.
Es traf ihn wie ein Schock, als der Artist ihn anschrie:
„Verdammt noch ‚mal'! Richte Dich endlich mit einem einzigen Ruck auf, breite die Hände aus und lächle! Für die Zuschauer muß unsere Nummer wie ein Kinderspiel aussehen."
Mokhtar riß sich zusammen. Er wollte im Zirkus bleiben und dieser Wille verdrängte seine Angst.
Nach der fünften Probe stand er erschöpft vor dem Artisten und erlebte eine Überraschung.
„Na bitte, es geht doch," schlug ihm dieser freundlich auf die Schulter. „Bis zur Nachmittagsvorstellung und dann so wie eben."

Seine ersten Auftritte funktionierten problemlos. Über auf der Menschenpyramide stehend hatte er das berauschende Gefühl, daß der Zuschauerapplaus ebenfalls ihm galt.
Auch Leila stand auf sein Zureden gehorsam auf.

Erlöst von dem Zweifel zu versagen, genoß er in der Folgezeit die freien Stunden mit seinen Freunden.
Die Mittagszeit war zwar nur kurz, aber nach der Abendvorstellung konnten sie die Städte kennenlernen, in denen der Zirkus gastierte. Keiner fragte, wann sie zurückkamen. Hauptsache war, daß sie für die Arbeit am folgenden Tage mit klarem Kopf zur Verfügung standen.
Diese Freiheit hatte aber zuweilen einen Nachteil. Die jungen Leute gaben oft mehr Geld aus, als sie besaßen. Dann blieb ihnen nichts anderes übrig, als Mokhtar's Onkel um einen Vorschuß zu bitten.
An seinem ersten freien Abend in Wien landete er mit seinen Kameraden im Prater, wo sie sich so amüsierten, daß sie am frühen Morgen ihr Geld verbraten, – oder wie sie lachend feststellten, „verpratert" hatten. Jung, wie sie waren, störte es ihre gute Stimmung nicht.
Allerdings sollte ihr vergnügliches Ausgehen für einen von ihnen etliche Zeit später in Graz zu einer dramatischen Situation führen.
Mokhtar, Nourddine und ein weiterer Freund ließen sich dort in einem gemütlichen Lokal nieder. Am Nachbartisch saßen zwei nett aussehende Mädchen in ihrem Alter.
Die Kleinere von ihnen fiel durch ihren Wuschelkopf, lebenslustige Augen und einer niedlichen Stubsnase auf.
Sehr bald bemerkten die Drei, wie die Mädchen untereinander tuschelten und immer wieder zu ihnen hinüberblickten.
Plötzlich nahm sich der Wuschelkopf den Mut das Gespräch zu eröffnen:
„Wir waren heute Abend im Zirkus Krone. Ist es möglich, daß Sie zu den Artisten gehören, die wir dort sahen?"
Sie strahlte, als ihre Frage bejaht wurde und Mokhtar's Freund den beiden anbot, sich zu ihnen zu setzen. Mokhtar war bereits aufgefallen, daß dieser von der Kleinen fasziniert zu sein schien. Sie mußte gleichfalls von dem Freund angetan sein, denn sie setzte sich sofort neben ihn:
„Ich bin die Rosi und meine Freundin ist die Lilly," ging sie sogleich auf das „Du" über. „Erzählt uns etwas über Euer Zirkusleben."

Hauptsächlich bestritt ihr Freund die Unterhaltung, wobei er seine Rolle im Zirkus übertrieb, um ihr zu imponieren. Es wirkte. Der Wuschelkopf hing an seinen Lippen und war sichtlich von ihm angetan. Die beiden anderen verfolgten amüsiert das sich anbahnende Verhältnis. Sie gönnten es ihrem Kameraden. Es störte das Beisammensein nicht, zumal ihnen Lilly heitere Wiener Geschichten erzählte. Durch die noch mangelnden Sprachkenntnisse der Marokkaner kam es zu Mißverständnissen, die ihre Unterhaltung ungemein erheiterte. Um 1 Uhr nachts erklärte Mokhtar nicht nur müde zu sein sondern erwähnte auch noch offen, für weitere Getränke wäre seine Geldbörse leer.
Das Letztere traf auch auf die beiden anderen zu.
Mokhtar, Nourddine und Lilly erhoben sich, um zu gehen.
„Bleib' noch" bat Rosi den Freund. „Ich hab' noch Geld."
Eine Aufforderung, die nur ihm galt.

Als die Arbeit am nächsten Morgen begann, stellte Mokhtar und sein Vetter erschrocken fest, daß ihr Freund nicht zurückgekommen war. Sie versuchten, diese Tatsache zu vertuschen, bevor sie offiziell bekannt wurde und übernahmen zusätzlich die Arbeit ihres marokkanischen Freundes.
Die Nachmittagsvorstellung begann. Er war immer noch nicht erschienen. Irgendwann hatte Mokhtar's Onkel erfahren, daß die Drei in der Nacht zusammen gewesen waren und rief ihn zu sich:
„Weshalb ist er mit Euch nicht zurückgekommen?"
„Er traf in dem Lokal einen Bekannten, mit dem er sich noch unterhalten wollte," verschwieg er das Treffen mit dem Mädchen.
„Wenn er „heute" abend immer noch nicht da ist, teile ihm bei seiner Rückkehr mit, daß er gekündigt ist. Pack' mit Nourddine seinen Koffer. Morgen früh gebe ich Dir seinen Flugschein heimwärts nach Marokko. Ich will ihn nicht wiedersehen. Eine solche Pflichtvergessenheit kann sich unser Zirkus nicht leisten, weil ich keinen Ersatz aus dem Boden stampfen kann."

Erst am Morgen des dritten Tages sahen Mokhtar und Nourddine ihren Freund erschöpft auf dessen Wohnwagen zustolpern. Leicht alkoholisiert. Mit einem harten Griff stieß ihn Mokhtar hinein, wo dieser auf das Bett niedersank.
„War toll," stammelte er mit etwas glasigen Augen, „einfach toll!"
„Es kommt noch viel toller, mein Guter. Dort liegt Dein Gepäck. Hier ist Deine Flugkarte für die Rückreise. Du bist gefeuert."
Jäh' ernüchtert fing der junge Mann an zu schluchzen: „Dann bin ich erledigt, kann mir nur noch das Leben nehmen."
„Das fehlt uns gerade noch als Reklame für den Zirkus!" fuhr ihn Mokhtar an. „Du bist doch kein Idiot. Irgendwann findest Du wieder einen Job."
„Könnt Ihr nicht bei Eurem Onkel ein gutes Wort für mich einlegen?" bettelte er. „Ich will im Zirkus bleiben und verspreche nur noch mit Euch auszugehen und zurückzukommen."
Seine kläglich ausgesprochene Bitte berührte Mokhtar und seinen Vetter. Beide sahen sich mit dem Gefühl an, ihrem Landsmann helfen zu müssen.
„Wir werden's versuchen, aber vorher wollen wir wissen, was Du in diesen Tagen gemacht hast."
„Ihr habt ja beide gesehen, daß ich die Kleine und sie mich mochte. Sie lud mich erst in ein Nachtlokal zum Tanzen und dann in ihre wunderschöne Wohnung ein. Tochter eines Großindustriellen. Geld wie Heu.
Sie hat mich ziemlich fertig gemacht mit dieser Mischung von Essen, Trinken und Bett.
Da sie auch in der zweiten Nacht unersättlich war, bildete ich mir ein, sie würde mich vielleicht heiraten und sah bereits mein zukünftiges Leben in rosigen Farben.
Schallend lachte sie mich aus: „Dummkopf! Das habe ich nicht nötig. Ich nehme mir auch so, was ich will!"
Frühmorgens war sie endlich eingeschlafen und ich konnte mich aus der Wohnung schleichen. Auf einen Zettel schrieb ich: „ich muß wieder arbeiten gehen."

„Nun, damit ist es erst einmal vorbei,“ meinte Mokhtar trocken. Nourddine sah ihn ernst an: „Du hattest doch kein Geld mehr. Hast Du sie bestohlen, als Du abgehauen bist?“
„Ich schwöre, nein! Für die Tram um hierher zu kommen, reichte mein Kleingeld noch.“
„Das ist Dein Glück im Unglück. Dann kann jedenfalls keine Anzeige von ihr wegen Diebstahl gegen ein Zirkusmitglied erhoben werden.“

Nach dieser Aussage suchte Mokhtar mit seinem Vetter den Onkel auf, den sie baten, eine Ausnahme zu machen, weil sie beide bereit wären, ihn nicht mehr aus den Augen zu lassen.
„Ich kann keine Ausnahme machen, weil dann auch andere glauben, gegen die Regeln unseres Unternehmens verstoßen zu können,“ erwiderte er unwirsch.
“Ich hoffte, Onkel,“ sagte Mokhtar leise, daß Du in diesem besonderen Fall mit unserer Zusicherung eine Ausnahme machen kannst. Hättest Du damit nicht eine Begründung, falls so etwas noch einmal passiert? Es ist doch auch ein Landsmann von uns,“ fügte er bittend hinzu.
Es entstand eine Minute quälenden Schweigens.
„Nun gut,“ blickte der Onkel beide an,“ sollte dasselbe noch einmal geschehen, dann nehmt zur Kenntnis, daß Ihr Drei fristlos gekündigt werdet.“
Diese Lektion des Onkels genügte. Die Drei hielten ihr Versprechen ein.

Schon am ersten Tage erfuhr Mokhtar, daß er mit seinen marokkanischen Freunden tatsächlich die von seinem Onkel vorhergesagte harte Arbeit verrichten mußte. Da die jungen Männer sich untereinander gut verstanden, störte es sie nicht.
Sie erholten sich bei den wenigen Gelegenheiten, die ihnen eine längere Arbeitspause gestatteten. Dazu gehörten die seltenen längeren Transportreise des Zirkus.

Eines Tages hatten sie um 2 Uhr nachts in Hamburg die Zelte nach der letzten Vorstellung abgebrochen und waren todmüde auf ihre Schlafplätze in den verladenen Wagen gesunken. Die Fahrt führte nach Österreich.
In Mokhtar's Wagen übernachtete ein weiterer Vetter, dessen Name so lang war, daß sie ihn nur mit dem Spitznamen „Premo“ riefen. Dieser sollte ihre Fahrt unvergesslich machen.
„An jenem“ frühen Junimorgen hielt der Zug in den Bergen an. Weder ein Dorf, noch ein Bahnhof war zu sehen. Premo stand barfuß im Schlafanzug in der von ihm geöffneten Tür und blickte begeistert in die Gebirgslandschaft. Als er auf der gegenüberliegenden Seite neben dem Bahndamm das klare Wasser eines Baches herabsprudeln sah, ergriff er den Wassereimer des Waggons und erklärte seinen Vettern, sich am Bach frisch machen zu wollen.
Noch müde empfanden Mokhtar und Nourddine die Waschung von Premo als übertrieben verfrüht.
Dieser hatte inzwischen den Eimer mit dem klaren Wasser gefüllt und war gerade dabei, es sich mit beiden Händen über sein Gesicht laufen zu lassen, als sich der Zug ohne Vorwarnung wieder in Bewegung setzte.
Wie gelähmt starrte Premo ihm nach. Man konnte es den Vettern im Waggon nicht übel nehmen, daß sie der Anblick ihres barfuß, im Schlafanzug mit dem Wassereimer in der Hand auf den Gleisen zurückbleibenden Vetters auflachen ließ.
Allerdings nur kurz, denn sofort wurde ihnen bewusst, in welcher mißlichen Lage sich Premo befand. Ohne Papiere und sprachunkundig wußte er nichts weiter als „Zirkus Krone“ zu sagen.
Die Papiere der Marokkaner-Gruppe blieben grundsätzlich beim Onkel. Einmal brauchte er sie für die Grenzkontrollen, andererseits waren sie eine Sicherheitsgarantie. Ohne Papiere würde keiner den Zirkus verlassen.
Weit schlimmer war jedoch, daß die Vettern den Zug weder zum Anhalten bringen, noch eine Nachricht durchgeben konnten. In den 70iger Jahren gab es noch kein Handy.

Darüberhinaus wussten sie nicht, wo der Zug länger anhalten würde und sie Hilfe für Premo organisieren könnten.

An diesem Junitag meinte es das Schicksal mit Premo einigermaßen gnädig. Nur 7 km weiter hielt der Transportzug auf dem Seitengleis eines kleinen Grenzbahnhofes an. Mokhtar erfuhr, er würde dort einige Stunden bleiben. Den Onkel erreichten sie nicht. Er machte das übliche Vorauskommando.
„Glaubst Du, daß Premo auf den Schienen dem Zug nachwandert?“ fragte Mokhtar Nourddine.
„Ihm bleibt nichts anderes übrig, um auf Menschen zu treffen.“
„Von dort, wo er zurückblieb, bis hier war nicht ein Haus zu sehen. Wenn er die 7 km barfuß wandert, braucht er sicher 1 ½ Stunden, falls seine Füße das aushalten,“ überlegte Mokhtar.
„Arabische Füße halten mehr aus als die Hiesigen.“
Nun berichteten die Vettern dem Sanitäter die Situation und sie beschlossen, eine Stunde später gemeinsam an der Bahnhofseinfahrt auf Premo zu warten.
Sie hatten ihn und die Zeit richtig eingeschätzt.
Nach 1 ½ Stunden sahen sie ihn auf den Gleisen heranstolpern. Ein Bild des Jammers, daß er zu ihrer Überraschung sogar den leeren Eimer mitbrachte.
„Gehört doch dem Zirkus“, war seine Erklärung, als er erschöpft auf die Tragbahre sank, die sie für ihn mitgebracht hatten.
Seine Füße bluteten aus aufgerissenen Wunden und mussten behandelt werden.
„Ich wollte schnell vorwärts kommen. So konnte ich nicht nur die Bahnschwellen benutzen, sondern mußte auch über den Schotter dazwischen marschieren, Füße kaputt, aber Zug geschafft,“ lächelte er den Vettern mit schmerzverzogenem Gesicht zu.
Die nächsten Monate liefen routinemäßig ohne besondere Schwierigkeiten ab. Mokhtar fühlte sich wohl. Selbstsicher glaubte er, nichts könnte sein zufriedenes Dasein stören.
Er irrte sich.

Während einer Nachmittagsvorstellung führte er bei der Elefanten-Nummer wie gewöhnlich Leila in der Manege an ihren Hocker. Gehorsam ließ sie sich nieder.
Dann kam am Ende der Befehl zum Aufstehen. Mokhtar gab ihr mit einer Handbewegung das Zeichen dafür.
Leila blieb sitzen. Sie dachte nicht daran, sich zu erheben.
Da es um Sekunden ging, wurde Mokhtar nervös. Was sollte er tun? So sprach er sie noch einmal beschwörend an.
Sie schüttelte den Kopf.
In seiner Verzweiflung lief er um Leila herum und schlug ihr hart mit der Faust zweimal ins Gesäß.
Leila wandte ihm den Kopf zu, blinzelte ihn böse an, aber erhob sich langsam und folgte den anderen.
Im Ausgang jedoch trompetete sie wütend mit erhobenen Rüssel. Bevor Mokhtar, der neben ihr schritt, ahnte, was ihm geschah, traf ihn der Hieb ihres Rüssels so, daß er seitwärts zu Boden geschleudert wurde.
Der Trompetenruf hatte die Dompteuse sofort auf das Tier aufmerksam gemacht. Im Nu stand sie vor Leila und beruhigte sie, was ihr durch ihre Erfahrung gelang.
„Sie bleiben hinter Leila und kommen zu mir, sobald die Elefanten im Stall sind!" befahl sie ihm.
Bei diesem Treffen wollte sie wissen, was er mit Leila angestellt hätte.
„Nichts. Sie stand einfach nicht auf."
„Sie müssen etwas getan haben, was sie erregte. Denken Sie nach! Was machten Sie, um Leila hochzubekommen?"
„Ich bin nur um sie herumgelaufen und schlug ihr mit der Faust ins Gesäß," erwiderte er bedrückt.
„Das hätte Ihr Todesurteil sein können. Elefanten sind empfindlicher als Menschen und haben ein enormes Gedächtnis. Irgendwann rächen sie sich an dem, der sie schlecht behandelt. Ich will versuchen, Ihr Verhältnis mit Leila wieder in den Griff zu bekommen. Folgen Sie mir!"
Im Stall angekommen, redete sie beschwichtigend auf das Tier ein. Vorsichtig machte sie Leila auf Mokhtar aufmerk-

sam. Als sie ruhig blieb, sollte sich Mokhtar bei ihr entschuldigen.
„Entschuldigen?“ stotterte Mokhtar. „Sie versteht mich doch nicht.“
Haben Sie eine Ahnung, wie gut uns diese Dickhäuter verstehen. Überreichen Sie ihr jetzt dieses große Brot. Nimmt Sie es von Ihnen an, ist die Verständigung gelungen. Sollte sie eines Tages wieder Schwierigkeiten machen, so rufen Sie mich zu sich.“
Die Versöhnung gelang.

Als Mokhtar im Herbst 2003 Roland diesen Vorfall schilderte, reichte er ihm dabei eine gerade erschienene Zeitungsnotiz des „Hamburger Abendblattes“ herüber:
„Kuala Lumpur – Elefant tötet Zirkus-Dompteur.
Mit einem heftigen Rüsselhieb in den Unterleib hat ein Zirkuselefant in Malaysia seinen Dompteur (40) getötet.“
„Erst nach dieser Meldung ist mir bewußt geworden, was ich damals für ein Glück hatte.“

Die Zeit verlief wie im Fluge. 9 Monate war Mokhtar bereits als Mitarbeiter des Zirkus Krone mit diesem unterwegs gewesen. 64 Städte hatten sie dabei besucht.
Dieses Mal schlugen sie ihr Zelt in Hamburg auf.
Nichts deutete daraufhin, daß der nächste Tag sein Leben völlig veränderte.
Wie sollte er auch die Folgen eines erregten Gespräches zwischen dem Artisten und seinem Onkel vorausahnen können, dessen Zeuge er am nächsten Morgen wurde. Der Artist verlangte ab sofort eine höhere Gage. Sein Onkel lehnte diese Forderung ab.
Der Disput endete mit den wütenden Worten des Artisten, daß der Zirkus dann auf seinen Auftritt verzichten müßte.
„Sie sind vertraglich gebunden,“ wies ihn der Onkel kühl zurecht.
„Und Sie werden erleben, woran ich gebunden bin!“ Mit dieser Drohung verließ ihn der Artist.

Es geschah in der Abendvorstellung
Gerade war die Menschenpyramide aufgebaut, als der Artist seine Forderung nach einer höheren Gage damit durchsetzen wollte, indem er unerwartet seine Haltgriffe losließ. Die 7 Männer stürzten zu Boden. Mokhtar fiel aus seiner Höhe so unglücklich auf die Erde herab, daß er sich dabei einen Mittelfinger brach.
Damit endete sein Zirkusdasein.
In seinem neuen Lebensabschnitt arbeitete er sich vom Kellner zu einem selbständigen Restaurantbesitzer empor.

Das Buch

Es vergingen Monate, in denen ich geruhsam in Oldenburg niederschreiben konnte, was ich erinnerte, als ich aus Paris angerufen wurde. Es war Marcel. Er fragte, ob er uns mit seiner Frau besuchen könnte, weil er uns alle wiedersehen wollte.
„Du bist verheiratet, Marcel?"
„Es hat sich so ergeben. Wenn man älter wird, ist man nicht mehr so gern allein. Ich hatte das Glück einer Frau zu begegnen, der es nicht anders ging. Da ich Euch kenne, bin ich mir ziemlich sicher, daß Ihr sie mögt."
Zwei Wochen später stellte er uns seine Frau Annabelle vor.
Wir waren gleich von ihr angetan. Eine kleine, etwas rundliche Person, die uns offen anblickte und etwas Mütterliches ausstrahlte.
„Du hast ganz schön angesetzt," begutachtete ich Marcel.
„Annabelle kocht so gut."
„Übertreib' nicht Marcel. Nur so, wie eine vernünftige Hausfrau eben kocht.
Sie blieben vier Tage, in denen wir Annabelle in unserem Kreis aufnahmen, als ob sie immer dazu gehört hätte. Um

sich zu bedanken, bestand sie darauf, uns am zweiten Tag ein Diner zu kochen. Selten in meinem Leben aß ich ein so schmackhaftes Filet Bourgignonne mit Sauce Béarnaise.

Während dieser Tage tauschten wir alle Erinnerungen mit den letzten Neuigkeiten aus.

Meine Zeit als Tippelbruder und Obdachloser kommentierte Marcel trocken: „Da bist Du wohl aus dem Ruder gelaufen."

„Es war eine Erfahrung, Marcel. Die Fahrrinne mit den Backbord- und Steuerbordtonnen hatte ich immer im Griff."

„Ich sehe es, glücklicherweise, aber um etwas hat sich Mariella und Du nie gekümmert."

„Wovon sprichst Du?"

„Von Eurem Haus in Paris, das Euch wieder gehört und langsam immer brüchiger wird."

„Die Grundstückssteuer überweise ich pünktlich," warf Mariella ein.

„Aber Ihr habt nie Anstalten gemacht, um es zu verkaufen."

„Ich gebe zu, aufgrund der bedrückenden Erfahrungen dachten wir nie über eine mögliche Verwendung des Grundstückes nach," erwiderte meine Schwester.

Marcel nickte befriedigt: „Ich möchte Euch einen Vorschlag machen. Annabelle und ich träumen davon, das Grundstück mit dem Haus zu erwerben. Wir beide halfen Euch beim Ausbau dieses Hauses. Genau das möchte ich dort auch machen. Ich prüfte die Mauern. Sie sind solide und daher lohnt sich ein Ausbau. Wir müßten uns nur über eine Abschlagssumme und monatliche Abzahlungen einigen. Eine große Summe kann ich anfangs nicht aufbringen."

Unerwartet richtete sich mein Schwager auf und sah Marielle und mich an: „Es ist Euer Haus, bei dem ich mich nicht einmische, aber ich würde mich freuen, wenn Ihr einen Weg findet, um Marcel entgegenzukommen. Er hat mein Leben gerettet."

Marcel fuhr hoch: „Es ist nicht meine Absicht gewesen, etwas dafür zu bekommen, was selbstverständlich war."
Mariella löste diesen kritischen Moment auf ihre Art.
Sie stand auf, strich ihm freundlich über den Kopf:
„Marcel, wir kennen Dich doch und wissen, daß Du uns nur einen vernünftigen Vorschlag gemacht hast. Sag' uns, was Du zahlen kannst und wir überschreiben Dir Grundstück und Haus."
Aufatmend sah er Annabelle an und wir mußten bei seinen nächsten Worten lachen:
„Annabelle, Du solltest morgen noch einmal für uns kochen."

Nachdem wir ein weiteres vorzügliches Mahl verspeist hatten, erfuhren wir von Marcel, daß er weiterhin mit Erfolg Kleintransporte ausführte. Inzwischen konnte er sich dafür zwei Wagen anschaffen. „Dir möchte ich auch noch einen Vorschlag machen, Roland. Komm' zu uns nach Paris, sobald Dein Buch fertig ist, falls Du Lust hast, mir beim Ausbau des Hauses zu helfen. Anfangs mußt Du zwar im Haus wie ein Obdachloser übernachten und dabei auf unser Material und Geräte aufpassen, bevor sie gestohlen werden, weil ich oft unterwegs sein muß.
Als Obdachloser besitzt Du ja Erfahrung," neckte er mich.
„Wenn ich an Deine Kochkünste denke, Annabelle, dann kann ich nur „ja" sagen, zumal sich der Kreis meiner Geschichte dort schließt, wo sie begann."
Mariella lächelte Annabelle an: „Etwas mehr Speck auf den Rippen kann mein Bruder gut gebrauchen," segnete sie meinen Entschluß ab.

Bevor ich nach Paris fuhr, besuchte ich Mokhtar an einem Wochenende mit dem fertigen Manuskript, um ihn zu fragen, ob er mit dem Inhalt einverstanden sei.

Seine Antwort am nächsten Tage faßte er in die Worte:

„Du solltest Deinem Buch den Titel geben:

„ÜBERLEBEN IST ALLES“

Seit Menschen auf unserer Erde existieren, zerstören sie ihr friedliches Zusammenleben durch drei Dinge. Und das wird auch in Zukunft so bleiben;

STOLZ, NEID UND HASS.

Nur, wer die Hoffnung nicht aufgibt, überlebt vieles.